KB269102

해와 달의 숨바꼭질

해와 달의 숨바꼭질

윤 덕 명 시집

미래시선 152

미래문화사

서달산과 관악산의 랑데부

문학文學이란 상상력想像力의 산물이기도 합니다. 동서고금東西古今을 막론하고 인간은 어느 누구도 침범할 수 없는 사고의 영역을 가지고 있습니다. 그러므로 각자가 지니고 있는 개성과 취향에 따라서 다양성의 창조성을 발휘함으로 연유하여 독보적인 세상을 만들어 갑니다. 호메로스가 그랬고 셰익스피어나 괴테가 그러했고 단테가 그랬습니다.

본서本書를 출간하게 된 동기는 그간 필자가 출석하였던 사당동 교회의 김찬호 목사님과의 특별한 연분 때문입니다. 김찬호 목사님의 설교 말씀이 다분히 성서를 중심한 감칠맛 나는 은혜의 설교였으며, 놓치기 아쉬운 감동의 말씀이라 그분의 권유에 따른 열린 예배에 부응하기 위한 특별한 코너를 마련하게 된 것입니다. 왜냐하면 대개의 경우 소신이 없는 목회자는 정례화된 예배禮拜 식순式順에 색다른 프로그램을 넣기가 결코 쉽지 않습니다.

그러나 그분은 세계일보의 상무로 재임하시는 동안에 사내 교회 목회를 통해서도 가끔씩 성시聖詩 낭송을 통해서 문학 가운데서도 시詩의 가치와 위대함을 통감하시고 계셨기 때문에 과감히 성시 낭송이라는 순서를 도입하셨으며, 주보週報의 한 면에 게재하기에 이르렀습니다.

또 다른 계기는 필자가 2007년 환갑을 맞이하여 서유럽 여행길에서 특별히 단테의 생가가 있는 소위 꽃의 도시 피렌체에 들렀을 때 무엇인가 느껴지는 영감이 있어 설교 말씀에 대한 값진 내용을 서사시 형태로 압축하였습니다. 그리고 지난 주일에 대한 그 말씀을 회상하고 연계하여 지속적인 신앙의 성숙을 도모하는 데 일조一助할 수 있었으면 하는 작은 소망이 있었기 때문이기도 합니다.

두 시간 혹은 한 시간의 설교 내용을 불과 10연 40행에 요약하여 서사시로 엮는다는 것이 결코 쉽지는 않았지만, '서달산과 관악산'의 성지를 오가며 정성을 드리고 사색하는 가운데 얻은 영감으로 100수首에 이르게 된 것은 우연이 아니라는 생각입니다. 늘 단테를 생각하고 윤동주 시인과 윤선도 사백이 자주 뇌리에 떠오르기도 하였습니다.

감히 100편으로 구성된 단테의 〈신곡〉과 견준다는 것이 어불성설일 수도 있겠지마는, 14세기 당시와 오늘이라는 시간과 공간 사이에는 엄청난 지식과 정보의 차이가 있을 수 있기 때문에 이것을 평가하는 관점과 기준에 따라서 해석이 다양할 수도 있을 것으로 압니다.

시詩의 기능에는 다분히 교훈적 기능이 우선이기도 하지만, 쾌

락적 기능과 이것을 조합하는 절충적 기능이 조화를 이룰 때 비로소 제 기능을 다한다고 할 수 있습니다. 명시名詩란, 명료성과 모호성이 적절하게 적정선을 이루고 작가와 독자의 교감이 원만할 때 나타나는 걸작을 말하기도 합니다.

서정시와 서사시와 극시, 그리고 서경시와 산문시, 이런 종류의 시에는 각기 나름대로의 특성과 매력을 지니고 있습니다.

약 2년간 성시聖詩를 만들고 낭송하는 동안에 때로는 어려움도 있었지만, 늘 곁에서 김찬호 목사님의 말씀에 준하여 서사시에 감동하신다며 위로와 격려를 주신 문인주 · 정환국 평화대사님을 비롯한 여러 식구님들에게도 특별히 감사를 드립니다. 두 분은 주보週報를 포켓에 소지하시면서 시간 나면 탐독을 하셨다니 그 정성에 힘입은 바가 크다 하지 않을 수 없습니다.

원래는 성서에 근거한 서사시 백 편만을 중심한 시집을 만들려고 하였지만, 필자가 소속해 있는 대학의 2010 연구과제 응모에 당선이 되어 그 기준을 부득이 변경하지 않을 수 없게 되었습니다. 각별히 감사한 것은 본 시집이 선문대학교의 재정적 지원으로 발간하게 되었다는 점입니다.

무엇보다 서울평화교육대학원에 극진한 관심을 표명表明하셨던

전 세계일보 및 워싱턴타임스의 사장님이셨던 박보희 한국문화재단 총재님과, 전 한양여자대학교 교수로 정년을 하신 박정희 원로 시인님께도 무한한 고마움을 표합니다.

끝으로 저의 시는 언제나 진행형이라 생각을 하고, 세상에 완벽한 작품이란 그렇게 흔치 아니할 것이기 때문에 한 편의 주옥같은 시를 잉태하고 생산하기 위해서 늘 명상하고 사색하는 삶을 이어갈 것을 내심으로 다짐하는 계기가 되기를 희망합니다.

2011년 1월
윤덕명

윤덕명 교수의 시집 백 수를 읽고

시詩는 영혼靈魂의 표현表現입니다. 영혼은 그 사람의 온 인격人格입니다.

시집詩集을 읽으려면 먼저 그 시를 쓴 시인詩人의 신앙信仰과 인격人格을 알아야 합니다.

나는 윤덕명 교수를 너무 잘 압니다. 알 뿐만 아니라 나는 그를 진심으로 사랑하고 존경해 왔습니다. 윤덕명 교수의 시집은 그의 신앙과 인격의 결정체結晶體입니다.

그는 애천愛天, 애인愛人, 애국愛國의 신앙인입니다. 윤덕명 교수와 조정해 여사女史 두 분은 액면 그대로 하늘 사람들입니다. 일편단심一片丹心 그 정성을 하늘에 바친 사람들입니다. 성자聖者의 경지에 가까운 분들입니다.

이번에 윤덕명 교수가 낸 시집은 사당동 교회 예배 때마다 낭독朗讀하였던 성시聖詩 백 수百首입니다. 한 수首의 성시聖詩가 일주일마다 탄생誕生되었던 것입니다.

단테의 〈신곡神曲〉 100수가 불후不朽의 명작名作이라면 윤덕명 교수의 성시聖詩 100수는 참부모님 성약 시대의 불후의 명작이 될 것입니다. 땅과 하늘에 기록될 명작입니다. 이는 곧 하나님 찬양讚揚이며 참부모님 찬양이며 동시에 통일 신앙인의 예찬禮讚

입니다.

그러나 이 시집은 통일 신앙인만이 읽을 시가 아닙니다. 윤덕명 교수는 이 시집에서 그의 해박該博한 지식知識의 보고寶庫를 열어놓았습니다.

이 시집을 읽으면서 나의 짧은 지식의 영역領域을 넓히며 나의 영감靈感의 안테나를 높였습니다.

이 시집은 우리 모두의 필독서必讀書가 될 것으로 믿어 의심치 않습니다.

은혜恩惠에 사무치는 시간時間을 갖는 행운幸運이 있기를 약속約束합시다.

워싱턴타임스 사장 · 한국문화재단 총재 박보희

말씀에 대한 감동의 서사시가 준 여운

인생을 살아가는 과정 속에 어떤 사람을 만나 인연을 맺고 사느냐에 따라 삶의 질이 결정되는 경험을 하게 됩니다.

내가 윤덕명 교수님을 처음 만나 좋은 인연을 맺게 된 것은 1985년도 국제승공연합 서울시지부에서 함께 근무하면서부터입니다. 그때 우리는 서울 시민을 대상으로 승공 이념을 중심으로 한 가치관 교육 강사로 활동을 하고 있었는데, 당시 윤 교수님은 삼십대 후반의 젊음에 패기가 넘쳤고 언어의 구사력이 뛰어나 논리 정연한 이론 전개와 열정적인 설득력으로 청중들을 압도했습니다.

특히 강연의 끝부분에 애국심을 불러일으키는 시 한 수를 낭송하면 감동으로 가슴 뭉클해진 청중들의 열광적인 박수갈채를 받던 장면이 지금도 눈에 선합니다.

그 후 우리는 직장을 달리하여 나는 세계일보로, 윤 교수님은 선문대학교로 옮겨 후학들을 가르치게 되었는데 20년 만에 교회에서 다시 만나게 되었습니다.

우리 교회가 위치한 사당동 북쪽에 있는 서달산은 문선명 총재님께서 청년 시절 흑석동에 사시면서 자주 산에 오르시어 검은 바윗돌을 붙들고 하나님께 간절히 기도하시며 하나님의 한恨을 체휼하시고, 눈물이 실개천을 이루도록 정성을 드리셨던 유서 깊은 성지가 있는 산입니다.

　나는 2006년 5월부터 매일 서달산 성지에 올라 하나님과 문 총재님의 심정을 생각하며 기도하는 가운데 영감을 받아 사당교회 설교를 맡게 되었고, 윤 교수님은 우리 교회에 출석하며 매주 받은 설교 내용을 중심 삼아 40행 서사시를 작시作詩하여 2년 동안 100수에 이르게 되었습니다.

　문학적 소양이 부족한 나의 설교 내용이 다듬어지지 않은 정원수처럼 산만함에도 윤 교수님의 손길을 거치면, 아름다운 심령의 흐름을 타고 정교하게 다듬어진 작품으로 승화됨에 감탄을 금할 수 없었습니다.

　때로는 설교 후 채워지지 않은 아쉬운 마음으로 한 주일을 보낸 후, 윤 교수님의 정성이 담긴 손길을 통해 돌아온 시구를 음미하다 보면 채워지지 않았던 내 마음을 보듬어 정제된 문체로 포근하게 감싸 주는 고마움을 느끼곤 했습니다. 윤 교수님의 지성의 열매로 아름다운 시집을 출간하게 됨을 축하 드리며 완숙의 시인으로 더욱 정진하시기를 기원합니다.

(사)평화교육문화센터 이사장 · 목사　김찬호

차례

제1부 · 꽃들의 항변

제2부 · 로고스의 서사시

제1부

꽃·들·의·항·변

생명의 그릇

들꽃의 향기가 향긋하다는 것은
아름다움 지니고 있기 때문이며
꿀벌들의 아우성이 조화론 것은
가슴에 열정을 지니고 있어서다

국 담으면 국그릇이고 국 식기
죽 담으면 죽 그릇이요 죽 식기
밥을 담으면 밥그릇인 밥 식기
생명 담으면 생식기가 아니던가

정자와 난자의 결합으로 연유해
태란을 이룬 생명체가 자궁에서
열 달간 모체와 같은 운명으로
공유하며 함께 살아가야만 한다

수억의 경쟁자 제치고 앞서 간
챔피언은 하나의 난자를 만나고
유일의 상대 만나 하나 됨으로
참사랑의 생명체 이루는 것이다

태초의 인간이 따 먹은 선악과가
사과나 복숭아가 아닌 까닭이란

원죄가 자자손손 유전하기 때문
물질은 혈통의 요인이 아니란다

아담과 이브를 유혹하였던 뱀도
살아있는 동물이 아닌 까닭이란
인간은 영물이며 지적인 존재라
뱀에 끌려갈 수 없기 때문이다

소돔과 고모라성이 무너진 것도
영화를 자랑하던 로마의 멸망도
모세 따르던 이스라엘 민족들의
금송아지가 바로 음란의 신이다

21세기가 말세인 까닭이란 것은
인륜과 도덕이 땅에 떨어지기에
지도자의 양심이 마비되어 가고
사랑의 질서 무너지기 때문이다

사랑과 생명과 혈통의 본궁이란
인간에 있어서 가장 소중하기에
그것은 인체의 핵이요 지성소인
생명의 그릇을 담은 생식기이다

성이란 유일한 것이기에 절대성
남성이 지닌 성은 열쇠와 같고
여성이 지닌 성은 자물통 같아
천국과 지옥의 갈림길이 여기다.

현충원의 새벽에

세월이 바뀌는 계절의 여울목서
나는 나라의 임들을 생각하며
11월의 마지막 새벽을 열었다

무성했던 여름철의 잎사귀들도
무서리 맞아 떨어지고 마는데
내 마음속 여름은 청청하련만
나목裸木 사이로 훤히 보이는
서울의 불빛이 낯설기까지 하다

간밤에 내린 초동初冬의 비가
굴러가는 낙엽의 발목을 붙잡아
을씨년스럽게 길바닥에 붙었고
현충원의 뒷동산에 떨어져 내린
낙엽들이 장송곡을 부르고 있다

박정희 대통령과 육영수 영부인!
비명에 가신 임들의 파란의 세월
묘비 아래 떨어진 목련의 낙엽이
영욕榮辱의 역사를 쓸어내리고
향불에 타는 연기에 숨 가빠한다

김대중 대통령 영면한 지 일백 일!
매주 화, 토요일 11시면 오신다는
이휘호 여사의 열성熱誠이 있어
부부는 사랑의 연줄로 살아가는 것
사지에서 부활한 당신은 우리다

이승만 초대 대통령과 프란체스카!
합장으로 영면하신 곳 아스라한 얼
좌우익으로 혼란스럽던 과도기에서
3.15 부정 선거 도화선導火線 되어
망명亡命의 한을 지니고 계신다

기축己丑의 11월 마지막 날 아침에
나는 영면하시는 나라의 임을 뵙고
12월의 마지막 달 첫 맞이하고 있다.

2009년 11월 30일 마지막 날

철마의 꿈

허리가 부러진 백호가 아닌가
천하를 호령하던 그 기상인데
누가 이렇게 비통하게 만들어
까만 세월을 토해 내고 있는가

일제의 말발굽 아래 시달렸던
그 암울했던 굴종의 순간들이
가슴에 통증으로 다가오는 듯
시방 조국은 해산을 하려는가

감히 엄두도 못 냈던 금강산에
해상 관광길 1998년 11월 18일
첫 물꼬가 터지더니 급기야는
육로 길 2003년 3월에 열렸다

을유년 끝자락 12월 27일 이날
꿈속에나 넘었던 삼팔선 넘어
비무장지대 거쳐 온정리에 와
겨레의 온정을 가슴에 담는다

금강산 굽이굽이마다 얽힌 한
얼어붙은 장엄한 겨울의 설산

개골산 드러난 하얀 서러움에
만감이 교차하는 겨울 산하다

바닷물 자유롭게 오고 가건만
산짐승과 조류들 프리 패슨데
사람들은 어찌 그리 영악하여
동족의 가슴에 총부리 겨누나

녹슨 철조망 과감히 밀쳐 내며
휴전선 155마일 철책선 허물고
평화의 공원으로 빚어 만들어
여기 사랑의 금자탑을 세우자

만이천봉 신비하고 오묘한 산
백두대간 금강산의 고봉준령
겨레의 혈맥 이어지는 경의선
단절된 역사를 철마여 뚫어라!

2005년 12월 27일 금강산에서

겨울나무의 참선

눈발이 휘날리는 날에도
겨울비 추적추적 내리는
을씨년스런 이른 새벽에
무언의 항변으로 서 있다

가벼운 미풍에도 날리는
사람의 마음과 사뭇 다른
쪽빛 하늘 사랑 기다리며
인내의 버팀목으로 서 있다

바람이 불면 불수록 더욱
깊은 뿌리로 착근하면서
속울음 우는 네 가슴에는
봄바람의 눈물이 흐른다

자연의 섭리에 순응하며
때를 기다릴 줄 아는 안목
순간의 고통 영원으로 안는
너는 선견지명의 선두주자다

동물은 열불 받아 못 참지만
너는 그 엄동설한 추위에도

나목의 모습으로 참선하는
위풍당당 인고의 챔피언이다.

등대지기

거친 바다와 견주는 것도
고독과 싸우는 것도 아닌
나 자신과의 힘겨루기다

갈매기 벗하여 주고받는
사랑의 언어들이 증발하여
하늘에 금기 줄을 치는가

따사로운 봄볕의 향수와
작열하는 여름의 태양이
파도를 타고 여행을 간다

먹구름 걷힌 황혼의 하늘
고요가 등대 위로 흐르며
포말처럼 하얀 미소 짓는다

내 안에 있는 나 아닌 내가
심술 보따리 확 풀어 놓고
해풍에 마음을 실어 보낸다.

추억追憶

낙엽이 흩날리는 밤엔
송진 불에 불을 밝힌다

그을린 코털 사이로
그리움 살포시 스며든다

텅 빈 내 가슴속으로
향수鄕愁 가득 채우고
부싯돌로 사랑의 불 켠다

사무치게 피는 추억追憶
모닥불에 고이 묻어 두고
안으로 괸 울음 걸러 내어
토속 항아리에 담아 둔다

소슬바람에도 떨리는 가슴
밤새 우는 문풍지 떠는 소리
삼경 지나 심지가 타고
달무리 속 기러기 날아간다.

길동무

외롭고 스산스런 황량한 인생길에서
나 당신을 다행하게도 만났었기에
고달픈 삶에 생기生氣가 넘칩니다

남들은 꽃의 자태에 현혹되지만
당신은 그윽한 향기에 매료되는
심미안審美眼 있기에 존경합니다

괴롭고 암담한 복귀의 인생길에서
나 당신을 길동무로 만날 수 있어
고독한 생에 활기가 넘쳐 흐릅니다

그들은 현실의 굴레에 안주하지만
당신은 내일의 소망을 투시하려는
예리한 혜안이 있기에 든든합니다

어둡고 혼미한 망망대해의 파도 타고
나 당신을 벗 삼을 수 있다는 보람
불안한 현실에 등댓불이 보입니다

오염된 이 땅에는 오욕만 있지만
청정한 높은 곳 본향 땅 그곳에는

양심이 주인이기에 희망이 넘칩니다

방황하는 나그네 생의 기로 선상에서
나 당신의 따스한 손길이 아름답기에
얼붙은 가슴에서 생명수가 솟습니다

살벌한 생존 경쟁엔 이기심만 있지만
정의가 숨 쉬는 당신 가슴 깊은 곳에
일급수 참사랑의 샘물 펑펑 솟습니다.

사랑의 지휘봉

이 세상에서 가장 귀한 것
이 땅 위에서 제일 중한 것
그것은 바로 상대를 위하는
관심과 배려와 이해의 마음
이것을 정히 사랑이라 한다

사랑이라는 나무에서 피는
그리움과 설렘의 꽃에서
행복의 열매가 영그는 것
여기엔 벌 나비의 노래와
꽃술들의 춤이 있어야 한다

화향에 심취한 벌의 꽁무니
아무리 잡아끌어도 요지부동
참다운 사랑도 이와 같아서
취하면 취할수록 황홀하여
촛불이 소진하여야 끝난다

백년해로 언약하는 배우자
고독한 인생길 길동무로서
사랑의 파트너라는 것인데
그대가 홀로 서 있을 때엔

독창만으로도 아름다웠다

배우자란 나의 부족한 것을
상대방으로부터 배우자는 것
단점에 눈멀고 장점에 눈 떠
피차 칭찬과 격려의 미소로써
합창하는 교향곡의 지휘자다.

호숫가 자작나무

서울의 회색빛 하늘을 바라보노라면
숨 막히는 답답함으로 질식할 것 같아
주말이면 홀연히 떠나고픈 그 마음은
자연이 나를 부르는 무언의 손짓이다

내가 살았던 소박했던 농촌의 시골에는
코발트 빛 창공과 지저귀는 종달새들과
오수에 졸던 얼룩빼기 누렁이의 울음이
원두막을 감싸는 자연의 노래였다

가을이 저물어 가는 노을빛의 황혼녘에
내가 찾은 일산의 인공호수 한 변두리
노랗게 물들어 가는 자작나무 군락지는
내 유년기 추억을 떠올리게 하였다

인간이 쏟아낸 역겨운 오만 가지의 냄새
너의 가슴으로 오롯이 여과시킨다는 것
까만 이기심의 탄산가스 빨아들이면서도
너는 정작 하얀 산소를 공급해 주고 있다

한여름 내내 물고기들의 벗이 되었다가
채색 옷 갈아입고 홀연히 떠나가야만 할

이별의 순간을 맞이하는 너의 나그넷길
모든 인간들이 가야만 할 필연의 길이다

시위를 떠난 화살과도 같이 빠른 세월은
내게 그리움의 추억들을 영글게 하였고
너의 모습을 닮은 청춘과 늙음의 상징으로
푸른 이파리 청청하고 가지는 백발이었다.

낙엽의 교향곡

하늘의 태양이 지휘자가 되었고
구름 뒤에 숨은 달은 반주자인데
노을에 얼근하게 취한 낙엽들은
감미로운 맘에 합창을 시작하네

행로를 알 수 없는 바람결에서도
한 치 흔들림도 없이 노래하는데
다람쥐와 청설모가 춤을 추면서
단풍의 물결 따라 여행을 떠나네

한여름 염천에 뻘겋게 달궈 온
불을 품은 가을 나그네의 노래는
가을바람에 감미롭게 들리는데
내 마음 나풀나풀 고향을 나네

머루랑 다래 지천에 널려 있었고
가막산 자연 목장에 곱게 흐르던
계곡수의 돌멩이를 들추어내면
가제들이 짝짓기도 하였네

내 인생의 갑년이 물들어가는데
평소 무심결에 바라보던 낙엽들

한 잎 두 잎 떨어지는 그 소리가
교향곡으로 들리는 것은 왜일까?

단테의 고향 피렌체

바다는 영혼 내 어머니 나라
빗방울들이 소리 내어 달려와
시냇물, 강물로 흐르고 흘러
도란도란거리며 이야기한다

하늘서 강우하는 빗방울 소리
갈급한 영혼의 생명수 되어
죽음이란 새로운 탄생임을
중생에게 알리는 신호이다

욕심이란 바다에 우거하며
탐욕의 노예로 살아간다면
채울수록 더욱 멀어져 가는
갈증 난 목숨은 측은하리다

내 육신 비록 불가역이어도
내 영혼은 초월의 삶이기에
때론 단테의 신곡도 만나고
오늘은 타고르의 시를 읽는다

고향 피렌체인 단테 생가서
당신을 만난 것은 나의 행운

저승의 세계란 시공을 초월
천국과 지옥 공존하나 보다

중세의 시성인 단텔 만나고
근세 동양의 첫 노벨 수상자
타고르 수시로 만나는 곳은
자연과 바다와 하늘 아닌가

지상의 모든 물들의 종착지
바다에는 온갖 사연의 눈물
기쁨과 슬픔은 동상의 무대
만남은 화해의 바다 아닌가.

시詩와 음악音樂

사랑은 영원히 지지 않는 꽃
행복이란 사랑의 결실인 것
사랑과 행복은 빛과 그림자
낙원으로 가는 쌍둥인 게다

볼 수도 없는 삶의 활력소인
사랑은 축복의 꽃인 까닭에
관심과 경청으로 연유하여
책임과 존경에 이르는 게다

오해를 이해로 탈바꿈하려
숙고하고 인내한다는 것이란
상대가 나의 모습인 까닭에
자비는 사랑의 술래잡기이다

파트너는 나의 진정한 얼굴
그를 통하여 나의 모습을 봐
진정한 자아의 실체라는 건
상대의 얼굴 속에 있는 게다

이 세상에서 가장 소중한 것
그것은 서로 사랑하는 행위

현재와 선물이란 이명동의
present는 행복한 사랑이다

꿀벌들, 감미로운 음악 소리
경쾌한 삶의 청량제와 같아
음악이란 세계 만민 공통어
시와 음악은 입술과 치아다.

삽교천 전망대에서

다난했던 한 해가 저물어 가고
숨져 넘어 가는 12월 중순에
동료 교수들이 함께 모여서
학기를 갈무리하고 있었다

철새들에게 모난 모이 주면서
잊지 못할 이야기들 나누며
한바탕 웃음꽃을 피우다가
내 목에 걸린 가시를 보았다

가르친다는 것이 배우는 것
주는 것이 받는다는 것임을
하나 다음에 둘이 있다는 것
그 살가운 진리를 떠올렸다

1979년 10월 26일 그날에
삽교천 제막식을 마무리 짓고
궁정동에 돌아간 그 어른
비명에 가실 줄 알았을까?

사람이 알면 얼마나 안다고
목에 깁스를 하고 있으며

가졌다면 얼마나 가졌다고
어깨에다 힘을 주고 있는가?

숨 쉬다가 숨이 넘어가면
모든 걸 반납하고 가야 할
사람들이 지닌 욕심의 바다
과연 무엇으로 메울 것인가?

장미의 꽃말

사람의 마음 척박하면
세상은 금 간 사기그릇
원형의 모습 변형되어
자아란 하나의 조형물

생물과 무생물의 차인
호흡과 비호흡 소리
인간과 비인간의 구분
사랑의 유무에 달렸다

장미의 꽃말은 사랑해
너로 말미암은 나인데
너와 난 꽃과 벌 나비
향기를 먹고 살아간다

계절을 망각한 꽃들이
자연의 순리를 떠나서
홀로 설 수 있는 것이란
사랑의 관심 때문이다

순간에서 우주를 보고
자연에서 자아를 찾는

울트라의 삶을 살아야
인간의 삶은 아름답다.

옷을 벗어라

하늘도 땅도 변하는데
인간의 마음만 곤고해
메마른 대지에 먼지만
펄펄펄 휘날리는가

오염된 공기를 마시고
부패한 물을 마시면서
갈라진 땅에 살아가는
목불인견의 삶 아닌가

조화론 자연을 따르고
평화론 강물을 보면서
사람은 순리를 배우며
인생의 정도를 익힌다

아무리 제도를 바꿔도
사람의 마음이 문제라
모름지기 참 지도자란
거짓의 옷 벗어야 한다

새봄을 맞이하기 위해
가을철 모든 단풍들이

미련 없이 색동옷 벗듯
가면의 탈 벗어야 한다.

오픈 테스트

긴장이 감도는 창가에 서서
섶에서 뽕잎 갉아먹는 누에들
그 숨 가쁜 숨결을 교감한다

팔목이 시리도록 몰입하는
그대들의 생존 경쟁에서
고달픈 인생살이 바라본다

정글의 숲 속에서 숨 쉬며
부패 나라 강물에 익사하는
서러운 노예를 생각한다

지식이 사랑을 얼게 하는
혹독한 동토의 나라에서
햇살 따스한 봄을 기다린다

참사랑으로 행복을 심는
훈훈한 옥토의 땅 위에서
황금빛 가을 들판 그린다.

알프스의 꽃

만년설 빙수가 흐르는
알프스 전설 같은 산

이름 모를 신비의 꽃들
여기저기 곱게 피었다

사랑의 이름으로 피는
노란 민들레 바라본다

양 떼들 꼴을 뜯으면서
평화를 노래하고 있다

비취빛 인터라켄의 물
유유히 젊음을 토한다.

황혼을 맞으며

노을이 세월을 삼키면
하늘은 그리움이 깃든
설렘의 추억을 주신다

흰 구름 목화꽃으로 핀
마천루 정상에 올라서
미숙한 삶을 뉘우친다

황혼을 맞는다는 것은
인생의 낡음이 아니고
또 다른 성숙인 것이다

해지면 어두움이 오고
밤하늘 무수한 별들이
내 가슴에도 쏟아진다

당신의 극진한 지성에
죽었다 살아나는 생명
경륜은 삶의 보석이다

하늘과 땅과 만물들이
자연의 순리대로 살 듯

행복은 조화의 세계다.

까치와 홍시

여름 내내 푸르던 그 빛
태양은 가을을 유혹하고
세월은 홍시를 만들어서
까치의 밥으로 대령한다

무서리에 곰삭히는 고통
사랑에는 눈물이 있기에
이슬이란 혈루와도 같아
서러운 날 반추하는가?

평화가 비단결로 흐르는
고즈넉한 가을의 들녘에
고추잠자리 무시로 춤춰
시간은 영원으로 가는가?

썩은 메주가 장맛이 들듯
고난 뒤의 영광이란 것은
아무도 탐치 못할 지성소
행복에 이르는 길 아닌가?

자연과 벗하며 살아가는
청순한 농부의 마음속에

보시의 샘 솟구치고 있어
까치는 사랑을 먹고 산다.

초가집

봄이면 노란 개나리 피고
호랑나비 너울거리던 곳
뒷동산엔 진달래의 미소
앞산 두견새 목청 뽑아
밤이면 부엉새 울어대던 곳

풀 먹인 삼베옷 고이 접어
다듬이질 소리 아늑한 밤
소쩍새, 굴뚝새 노래하는 밤
자연의 교향곡으로 울리면
짧은 여름밤은 감미로웠다

초가집 마당가 주저리 열린
먹음직스러운 풍성한 석류
뒷문 밖에 빨갛게 익은 앵두
뽕잎 사이 검게 익은 오디
시퍼렇게 물든 입술이었다

춥디추운 엄동설한이 오면
옹기종기 모여 불을 피우다
조상님 무덤가에 번진 불길
할아버지께 혼나서 울었던

개구쟁이 시절이 그립다

앞만 보고 달아나는 세월은
내 동심 마구 흔들어 깨워도
하얗게 물드는 천연의 염색
석양으로 기울어 가는 홍안을
무엇으로 되돌려 놓겠는가.

민들레 당신

장벽으로 닫혀 있으면
아무것도 볼 수 없어
그 안에 자유가 갇힌
한 마리의 새가 된다

푸드득거리는 몸부림에
푸른 공간이 그리운 넌
애간장을 녹여 내면서
하늘을 사모하고 있다

짝 잃은 애절한 모습은
만신창이 된 죄인인가
이 세상 그 어떤 이도
그댈 정죄할 수 없다

먹구름 하늘을 덮어도
폭풍이 휘몰아쳐 와도
사랑의 영역엔 따스한
미소만이 넘치고 있다

당신은 당당한 신인데
난 당신으로 말미암아

존재의 의미를 깨닫고
삶의 활력소를 받는다

태양이신 당신이 없인
이 지구성의 생명이란
한순간도 생존치 않아
임은 사랑의 왕자시다.

꽃의 유혹

겨우내 칼바람 추위 감내한
너의 가녀린 인내로 연유해
우주심에 부응하는 화신으로
만물들 가슴속 활력소인 양

자연의 품은 언제나 따사로운
어머니의 애끓는 사랑인가 봐
죽음 불사르는 사랑의 꽃인가

아름다움이란 너로 말미암아
향기의 진동으로 만들어진 것
사랑을 담는 그릇이 아니던가?

이 세상의 어떤 지식으로도
너의 순결한 모습 볼 수 없어
다만 가슴에서 가슴으로 안다

하늘의 구름과 바람의 행로란
자연의 섭리에 따라 움직이는
조화로움 가운데 행하여지는
억겁의 세월을 감싸고 있는가?

꽃들은 말이 없어도 교신하며
벌 나비를 유혹할 수 있는 것
그것은 그윽한 화향 때문이다.

63빌딩 바라보다

겨레의 애환이 한강 물로 흐르는
여의도汝矣島의 고수부지에서
63빌딩을 무심히 바라보다가
나와 꼭 닮은 세월을 바라본다

청운靑雲의 꿈에 부풀어서
살을 에는 설한풍雪寒風에
허기진 창자를 부여잡았던 날
그 시절도 꿈은 자라고 있었다

세상世上 모진 풍파風波에
삶의 마디마다 옹이 질 때
속가슴에 피멍 든 아린 마음은
모난 돌을 조약돌로 만들었다

목자의 생과 교수敎授의 길
시인이 되어 삶을 세탁할 때
어떤 이는 내게 금메달 셋이라
농으로 말했던 의미를 곱씹는다

딸들의 권유에 오른 회갑 여행길
내자랑 보낸 가슴속의 구라파

이태리, 스위스, 프랑스와 영국
그 아련한 그림도 그려 보고 있다

내가 쌓아온 인생의 벽돌처럼
그렇게 63빌딩도 세워졌다면
너와 나는 일란성 쌍둥일 거라고
너를 보면서 예순 셋을 셈한다.

꽃들의 항변

차디찬 생존의 흙더미 속에서
긴 겨울을 보낸 너의 언 뿌리가
이 야심한 밤중에 구슬피 운다

상처 난 핏자국 사이로 흐르는
너의 초라한 회한의 강물이
역류하며 난무하는 까닭이란
단지 증오가 부른 항변만은 아니다

포성이 천지를 진동하는 빈 광야
이라크의 전쟁터에 몰아쳐 온
방향 잃은 모래바람 눈앞을 가로막는데
허허벌판 사막의 한복판에서도
동장군을 몰아내는 봄은 도도히 온다

빙하의 칼바람보다 더 냉혹한
양의 탈을 쓴 비수 품은 이리 떼들은
이 야밤에도 굶주린 배를 채우기 급급하다

포만감에 비대해진 공룡들은
달러 주머닐 만지작거리며 만면에 미소로
제 몸을 견디지 못하고 비실거리다가

꽃샘추위에 속절없이 떨어지고 말 것이다

분노의 저주가 타오르다가
독을 품은 유전이 바닥나는 그날이 오면
허수아비 그림자인 양 엠파이어 고독의 외침은
부질없는 영욕의 노예였노라고
활짝 피어나는 봄꽃들이 소리 높여 외치리라.

평화의 가교

그런 눈으로 바라보지 말아요
가슴 아픈 피눈물 흘리시면서
숨은 듯 살아오신 당신의 외길
역사란 사필귀정 아니던가요

불신과 까만 무지와 불륜이 빚은
왜곡된 한 많은 섭리의 뒤안길에서
꿀 먹은 벙어리 냉가슴앓이로
때를 기다리며 견디고 참았습니다

에도 시대의 사가현 나고야성에서
흑심을 품었던 도요토미 히데요시
그는 야욕의 포로로 전운을 불렀지만
당신은 천운을 몰아오고 있습니다

역사를 투시하는 당신이기에
캄캄한 밤의 등댓불이 되신 당신께서
평화 통일의 눈동자가 되시어
화합의 고속도로를 뚫으십니다

임진왜란과 정유재란의 본거지에
항구 평화의 가교를 놓으시는데

참사랑의 물결 파도치고 있어
그리움이 눈물의 바다가 되는
우리의 만남은 우연이 아닌 필연입니다.

2006년 6월 29일 사가현 나고야박물관에서

시월의 데생

시간이 흐른다는 것은
무언가를 잃어 간다는 것
잃는다는 것은 또 다른
새로운 것을 얻는 것이다

성숙해 간다는 것은
미숙한 자기를 버리는 것
버린다는 것은 또 다른
자아를 발견하는 것이다

봄을 버리면 여름이 오고
여름을 버리면 가을 오듯
가을을 버리면 겨울 오고
겨울 버리면 새 봄이 온다

버린다는 것은 불생불멸
양보는 미덕이며 사랑으로
사랑은 생명의 본질이며
행복과 영생의 근원이다

하나에서 열까지의 수가
우리에게 주는 삶의 의민

고스란히 살아가라는 것
세상 질서 있다는 것이다

타락이란 무질서를 말하고
복귀란 새 질서 회복하는 것
구원이란 새 봄의 부활이며
천국이란 사랑의 실현이다

시월에 생각나는 것은
언젠가 사람은 돌아간다는 것
본향을 찾아가는 순례의 길
인내로 환향한다는 것이다.

보문사 부처님

짧지만 짜릿한 수송선에
자가용과 온 가족이 타고
보문사를 향하여 떠난다

배꼬리의 새우깡 유혹에
화들짝거리는 갈매기 떼
그 생존의 몸부림을 본다

강화의 석모도로 가는 배
맑은 하늘과 청순한 산과
풍요론 벌판을 가로질러
미지의 개척지로 향한다

한 폭의 그림 같은 사찰
보문사의 전경을 보면
전생의 윤회인가 싶어
처음 봐도 얼굴이 익는다

범종 울리며 새날 맞는
노선사의 평온한 여명
아미타불의 신천지엔
백팔번뇌 오간 데 없다

극락전 법당에 절하는
중생의 애절한 소원들
불국정토가 어디이며
부처님 뉘시란 말인가

그대 가정이 극락이고
참부부가 부처인 것을
중생이 부처의 몸인 걸
만추의 석양에 느낀다.

연어 떼의 행진

삼백예순닷샛 날 가운데서
어느 한 날도 나 당신 잊은 적이 없어
황혼이 잠들어 가는 바닷물 속에
그댈 생각하며 그리움을 물들인다

불볕 태양에 백구 춤추던 그 하늘
사랑을 불태웠던 그 순간순간들이
가슴속에 뜨거운 감동으로 끓어오르는
애타게 당신이 그리운 밤이 있다

더러는 꿈에서 당신을 살포시 만나고
더러는 환상으로 당신을 응시하며
기다림에 지쳐서 망부석이 될지라도
밤마다 내 마음 삭혀 그댈 기다린다

당신을 향한 내 첫 순정의 바다에
산란의 연어가 꼬리를 흔들면서
강줄기를 따라 행진곡을 부르면
까만 밤은 우리들에게 환희를 준다

자전과 공전으로 조활 이루는 지구
어제 뜨던 태양과 오늘 뜨는 태양은

같은 불덩어리 같지만 알고 보면
또 다른 사랑의 속성을 가지고 있다

황혼이 까만 밤을 삼키고 나면
또 다른 새로운 아침이 잉태되고
천년 성 향하는 설렘의 마음으로
나는 당신의 눈망울 속으로 빠진다.

팥죽 장수 어머니

내가 이 땅에 태어나기 전부터
어머니는 내 생명의 원천이었고
이미 내 목숨과도 같은 까닭이란
당신은 사랑 덩어리이기 때문입니다

세상에 우연이란 하나도 없는 것
태초부터 작금에 이르는 그 길은
인연과 천연으로 하늘이 주신 것
나는 당신의 행복의 근원입니다

내가 어릴 때 들었던 이야기에는
웃지 못할 아련한 재치가 있었고
이웃집 할머니들이 마실 왔을 때
다리 아래서 주워 왔다 했습니다

어린 나이에 서러워서 울었지만
인생의 황혼에 생각해 보았더니
할머니들의 깊은 그 말씀의 뜻은
그것이 어머니의 다리였습니다

네 어미가 거창 다리 밑에 앉아서
팥죽 장사를 하였다고 하는 바람에

그만 엉엉 울어 버리고 말았으니
내 철부지한 세월을 눈여겨봅니다

아랫목의 산실서 내가 태어날 때
하혈로 인해 쏟아지는 그 장면이
액운을 막는 팥죽으로 표현하였던
그 할매가 진정한 시인이었습니다.

나의 분신인 당신

용마루를 타고 건너가던 이무기가
절구통에 또아리를 틀어 앉았고
그대와 내가 만난 천생연분이란 것
전생과 이승 아우르는 가교架橋다

당신은 좌뇌의 회전 속도가 빠르고
나는 우뇌의 순발력이 예민하여서
내가 고속도로에서의 가속기라면
당신은 제동기와 같은 셈인 것이다

자동변속기가 편리하다고 하여서
분간도 없이 밟아선 아니 되는 것
물과 불은 상극성을 띠고 있지만
피차 없으면 생존이 불가한 것이다

당신이 나의 분신分身인 까닭은
생명生命의 동반자이기 때문이며
굴곡이 심한 언덕길 함께 걸어온 것
뒤돌아보면 아쉬움이 많은 것이다

당신의 나와 나의 당신이란 그 말은
숙명宿命의 길을 가는 배우자인데

둘이면서 하나이고 하나면서 둘인
당신과 나는 참사랑의 파트너이다

당신이라는 그 말 당당한 신이라면
나의 반쪽 조물주는 당신인 것이고
당신의 신은 나로부터 연유하기에
우리는 창조주 분신分身인 것이다.

섬진강의 봄

향기론 꽃술을 피우기 위해
해동의 아픔 견디어야만 해
행복은 고통의 나무에서만
알알이 열리는 것인가 보다

토지의 나라가 자리하는 곳
지리산과 섬진강 역사 속엔
갈기갈기 찢어진 누더기 옷
가슴 아픈 피망울이 있었다

속살이 터지는 사이로 솟는
선지피 냄새의 조국의 산하
그곳에 내 아버지의 서러움
내 어머니의 통한도 흐른다

봄은 왔건만 화향이 없기에
파릇파릇 돋아야만 할 새순
향기로워야 하는 봄꽃들이
봄비를 기다리고 있는 게다

생기 넘치는 섬진강의 봄에
그대와 나의 사랑 이야기로

오리무중 같은 흐릿한 세상
해맑은 시심으로 바라본다

봄꽃 흐드러지게 피어난 곳
홀연히 죽은 선량한 사람들
운명을 통탄한 저들의 원혼
야생화의 꽃으로 환생했다.

촌로의 독백

인생의 가을 황혼에 고개 숙인 벼이삭과
붉게 불타는 단풍이 제 곡졸 견디지 못해
텅 빈 수수깡이 되어 허수아빌 바라본다

하루를 고하는 자전과 한 해를 토하는 공전
그 일상의 무게 앞에 와르르 무너지는 세월
회색빛 무덤 속으로 딱정벌레를 몰고 간다

삶의 나이테를 헤아리며 허기진 창잘 부여안고
가난한 이웃들이 나의 모습임을 깨닫는 순간
사치스러운 자존의 굴레도 던져 버리고 만다

인생의 황혼녘에 홀로서기를 골몰히 하다가
교만과 오만의 독백이 살아온 날의 허울임을
통회하며 참회하고 후회하는 것이 아니런가

세상의 모든 사람 누구나 가진 판도라 상자
아무도 열 순 없지만 그 밑바닥에 숨은 것은
가난한 사람이 먹을 수 있는 유일한 빵이다

빗방울이 연잎에 가득히 고이면 연잎은 홀로
한동안 물방울 무게를 가늠하다 견디지 못하여

수정 같은 물 미련 없이 쏟아버리는 것 아닌가

인간은 인간 이상도 이하도 아닌 사람 그 자체
인간이 신인 척한다든가 신이 인간인 척할 때
추스르지 못해 꺾이는 공룡 같은 존재가 된다

정도를 저버리고 외도로 가는 자의 삶이란 것
생의 주제와 삶의 분수 깡그리 망각한 사람은
적정선이란 양심의 뿌리를 썩혀 버리는 자이다.

해와 달의 숨바꼭질

불 품은 태양太陽과 물을 머금은 달이
우주宇宙의 순환 따라 숨바꼭질할 때
나는 두 손을 엇잡고 한쪽 눈을 감고는
가위, 바위, 보로 술래를 결정합니다

굳어진 습관習慣으로는 셈하기 난감한
끝없이 펼쳐지는 황망한 사막 복판에서
식상食傷한 일상日常의 삶을 떨치고
훌훌히 떠나고 싶은 그리운 하늘입니다

타고 또 타도 식을 줄 모르는 용광로엔
곡절의 마디마다 통한의 핏물이 흐르고
진리를 말하면서도 더 철저하게 위장된
무뢰한의 횡포는 치명타가 됩니다

별들이 소근거리며 하는 무언의 대화
혀끝에서 하는 말 손발에 이르기까지는
수수만년 기다려도 맞잡기 힘든 거린데
양심이 맑은 사람 더불어서 살아갑니다

밀물과 썰물이 사랑의 주파수 맞출 때
밤을 밝히는 월광과 낮을 녹이는 태양

아롱아롱 눈물 어린 설렘으로 미소 지어
희망의 등불 켜고 임의 속삭임 듣습니다

창세기 요셉의 꿈 이야기 속에 깃들은
미래를 예감하는 환희의 설계도가 있어
땅의 해와 달과 별들이라는 숨은 뜻으로
양친 부모와 형제자매들이 화평합니다.

축복 결혼 40주년에

네 개의 영혼과 두 개의 몸뚱이가 하나 되어
연리지連理枝로 비비꼬여 맞물려 돌아가며
강산이 네 번이나 변하고도 여상하다는 것
우리들에게는 한량없는 은총의 축복입니다

딸아이들의 극성맞은 효심 뿌리칠 수 없어
가족끼리 나선 첫 해외 나들이는 홋카이도
아사히카와 상공서 본 공항과 반듯한 시가지
정직과 실리와 질서의 나라인가 싶었습니다

첫날의 안식처 온천의 원적지 노보리베츠는
퀴퀴한 계란 냄새가 나는 유황 온천의 으뜸
석식 전, 밤중, 새벽 세 번이나 입욕을 하고
끈질긴 발바닥의 무좀이 낫기를 기원합니다

에도 시대 전통 민속 마을의 닌자쇼와 기생 춤
삼삼오오 오랫동안 간직할 추억 빚어 만들고
북해도 원주민 아이누족의 지구 곳 바다 끝
평화의 종소리가 덩덩 울려 나는 보루입니다

태고의 숨결 일렁이어 파도에 시퍼렇게 멍든
그 짜디짠 소금의 맛과 같은 그리움의 향수가

백구白鷗의 날개짓을 휘날리며 출렁이는데

아소신산 흰 연기 뿜어내는 바위틈 방귀 소리
활화산이 언제 분출할지 모르는 긴박한 상황
운명과 더불어 살아가는 섬나라 일본의 백성
카르텔 화산이 만든 도야 호수는 청청합니다

2008년 G8 정상들 거쳐 간 호텔서 본 호숫가
불꽃 만들어 내는 유람선과 밤하늘의 뭇 별들
이국땅서 못다 한 사랑 다시 만들어 가는 이들
불꽃놀이 환성 아쉽고 향기로운 날 상기합니다

일본 제2의 후지산이라 불리는 유수산의 자연수
만년설 녹아내리는 33년 장거리 해빙과 결빙은
천연수 수폭으로 쏟아져 내리는 노천의 생명수
오타루까지 마실 페트병 다섯 개에 담았습니다

북해도에 즐비한 늦가을 산야 자작나무와 삼나무
원시림 토벌해 만든 삿포로는 인구 188만 명에
윌리엄 클라크가 첫 개척하여 만든 서구풍 도시
맥주와 라면, 삿포로 동계올림픽으로 유명합니다

다가올 금혼식 결혼 50주년을 기다리는 심정으로
홋카이도 관광의 명소에서 보낸 3박 4일의 여정은
범띠 해를 맞은 큰 딸아이의 주선으로 만든 걸작
경인년 밀림을 헤치고 나오는 포효의 몸짓입니다.

2010년 10월 28일 북해도 삿포로에서

제2부

로·고·스·의 서·사·시

4수 탕감복귀의 한恨

우주의 시원은 어디이며 삶의 목적은 무엇인가
실낙원으로 연유한 인류의 역사는 파란의 세월
하나님과 사탄의 싸움이 격렬하게 전개되어 온
선과 악의 소용돌인 피범벅의 역사가 아니던가

선악과善惡果로 은유된 해와의 사랑이란 것은
생사生死의 모체母體가 되고 있는 까닭으로
아담과 천사장과의 치열한 삼각관계三角關係란
생명과 사망의 분기점이 되는 것이 아니었던가

에덴의 꿈은 하늘을 중심한 사위기대를 조성함이
태초의 소망이시며 창조 본연의 이상이었건만
마귀를 중심한 또 다른 불륜의 토대 만들었기에
죄罪란 사위기대가 아니라는 의미가 아니던가

성경 역사 6천 년 간추려 볼 때 40수에 얽힌 사연들
아담부터 노아까지 4의 승乘인 1600년이란 것
노아부터 아브람까지 400년과 여기에서 모세까지
400년이고 아브람부터 재림까지 4000년 역사다

노아의 홍수 심판 40일, 모세와 예수의 40일 금식
가나안 정탐 40일, 사울, 다윗 솔로몬 재위 40년

사사 시대 400년, 남북왕조 400년, 동서왕조 400년
4수에 얽히고설킨 천비天秘 하늘 애간장 녹았다

사당동의 훈독가정교회, 포도나무회와 시민대학은
평화왕국 이룩해 하나님께 영광 돌려 드리자는 것
지성이면 감천이거늘 양심이란 천국에 이르는 길
삼위일체는 성부 성자 성신이 역사하는 기틀이다

사당3동과 4위기대 곱하면 12수, 열두 진주문
거기 도달하는 비결 하늘의 섭린 도수度數 맞춤
물 증발하여 수증기 되려면 99도는 아니 되는 것
백 도百度가 될 때만 가능可能한 것이 아니던가

금년까지 재적 80명, 예배 40명의 목푤 설정하고
40일 특별 정성 6차에 걸쳐서 끝나는 8월 28일
당신의 존함 그대로 금메달 달고 찬양할 호산나라
하늘에는 영광, 땅에는 평화가 충만할 것이리로다

정해년 정월 초하루부터 365일에 끝나는 그믐엔
지존하신 하나님과 참부모님의 은총과 가호하심이
당신과 더불어 조활 이뤄 자유의 깃발 나부끼리니
동애同愛의 효성스런 마음에 천복이 임재하소서!

당신의 처음은 미약微弱하였지만 결실은 풍성해
진심과 진정과 진실은 정상에 도달하는 첩경인 것
포도나무가 청청하게 발육하여 생명수 성주가 되면
참사랑 샘솟는 곳에 참행복이 대대로 넘쳐 나소서!

2007년 7월 24일 40명의 이름으로

조국 통일로 가는 길

실낙원失樂園으로 연유한 분열分裂과 대립對立과 갈등葛藤
금단禁斷의 선악과善惡果를 따 먹은 것에 대한 인과의 응본데
탕감복귀蕩減復歸로 인한 통일統一과 상응相應과 조화調和
본연의 에덴동산으로 나아가는 정도正道이며 희망希望입니다

제3 이스라엘인 한국韓國은 지구성地球城에서 유일한 분단 국가
베트남과 예멘과 동서독은 이미 통일국가의 시금석이 되었지만
제2차 세계대전의 종전과 더불어 해방解放된 민족 한국韓國은
복귀섭리역사復歸攝理歷史의 마지막 결실국結實國인 것입니다

최초最初의 원적지原籍地에서 잃어버린 사랑과 생명과 혈통은
뱀으로 은유隱喩되어진 간부姦夫인 천사장 누시엘로 말미암아
사탄, 마귀魔鬼의 외골수 소유물所有物로 전락轉落이 되었고
하나님과 아담 해와, 사탄과 아담 해와 삼각관계三角關係입니다

제1이스라엘인 유대 민족과 제2이스라엘인 기독교의 사명使命은
아브라함 이삭 야곱에 이른 3대 하나님의 섭리攝理로 말미암아
선천시대先天時代에 이어 후천後天에 이르는 필연必然의 역사로
북한北韓과 남한南韓과의 분단은 선악善惡의 분립 역사입니다

야곱의 외삼촌 라반 댁宅에서 21년간 종살이를 통한 승리勝利
진정한 사랑은 강제强制 굴복屈服이 아닌 자연自然 굴복屈服으로

문선명 총재와 김일성 주석主席이 주는 상봉相逢의 의미는
야곱의 지혜智慧와도 같아 에서를 자연 굴복시킨 것과 같습니다

우리의 조국, 한국의 분단 배경이란 사상思想의 문제와 맞물려서
주변 강대국의 이해관계인 동시에 민족 자주 역량의 부족不足이며
보다 더 근본 배경은 하나님 섭리를 이루기 위한 프로그램이기에
지장智將과 용장勇將보단 덕장德將과 운장運將 필요합니다

1990년도 동서독의 통일도 6차에 걸친 정상회담頂上會談의 결과
1991년 물꼬를 트신 문 목사와 김 주석의 내면적內面的인 상봉은
2000년 김대중 대통령과 2007년 노무현 대통령의 회담으로 이어져
6.15 공동선언과 10.4 공동선언이 나옴으로 해 구체화되고 있습니다

환태평양環太平洋 신문명新文明의 시대를 맞아 한반도韓半島의
통일로 가는 길은 남북 교류의 활성화로 스포츠 문화文化 교류보다
시급時急한 것은 정치 사상 교류交流로 북한의 주체사상主體思想
참과 거짓이란 결과 동산 아닌 원인 동산原因東山에서 찾아야 합니다

현재 11,320명 새터민 정착이 어려운 까닭이란 정체성의 혼란인 것
보혁 갈등으로 연유한 사상의 혼란이 극에 달하면 가치관이 붕괴하여
사회 개혁을 통한 이상 국가의 건설, 하나의 꿈에 지나지 않기 때문에
에덴동산에서의 삼각관계三角關係는 순리順理로 풀어야 합니다

동서 냉전의 종식과 더불어 남북문제南北問題의 해결解決의 길은
좌익左翼과 우익右翼을 동시에 아우르는 두익頭翼의 사상인 것
상하上下, 전후前後, 좌우左右를 조화롭게 할 수 있다는 그것이
주체사상主體思想을 극복하는 통일사상統一思想인 하나님주입니다.

설교 제목 : 통일로 가는 길 창세기 33장 1~11절
2007년 10월 21일

요셉의 해와 달과 별

우주의 중심中心에 자리하는 태양의 본체란 무엇일까?
물리物理로 보면 활활 타오르는 에너지와 불덩어리고
감성感性의 눈으로 바라보면 영원永遠한 수수께낀데
태초太初로부터 창조주의 신성神性을 닮아 난 것이다

무시무종無始無終의 본체시고 초지일관初志一貫으로
당신의 뜻을 이루시기 위해 전력투구全力投球해 오신
절대絶對, 불변, 계획計劃하신 본연의 청사진靑寫眞
영원永遠한 하나님의 창조이상創造理想이 아니던가

불신不信으로 연유한 타락墮落의 결과란 무지와 갈등
복귀섭리란 무지無知로부터의 광명光明으로 가는 길
주도권主導權, 빼앗기 위한 쟁탈전爭奪戰인 것이기에
카인과 아벨의 생사生死 판가름하는 선악의 투쟁사다

섭리사의 중심中心에 우뚝 선 아담으로부터 아브람까지
상징적인 역사가 예시豫示하는 오묘奧妙한 천륜의 뜻
최초의 조상 아담의 불륜을 탕감복귀蕩減復歸하기 위해
10대 1,600년 만에 당대의 의인 노아 할아버지 세우셨다

노아로부터 아브람까지 또다시 10대 400년이란 세월은
종적인 죄악사를 횡적橫的으로 탕감복귀하기 위하여서

아브람과 이삭과 야곱에 이르는 3대의 하나님이 되시어
야곱의 지혜와 슬기로 하늘 섭리의 모델을 세우신 것이다

시대時代 시대마다 말세末世를 섭리하시는 방법은 달라
홍수 심판이란 물의 시대가 지나고 제물祭物을 드리는 때
작은 비둘기를 쪼개지 않음으로 하여 가중加重된 조건에
백 세에 주신 이삭 번제燔祭란 가혹苛酷한 형벌이었다

아브람의 불변의 신앙과 이삭의 절대적 하늘 대한 충성심
사탄은 혼비백산魂飛魄散 달아나고 나뭇가지에 걸린 숫양
에서와 야곱의 쌍태雙胎는 선악善惡 분립의 표상이기에
하란에서 21년간 야곱의 섭리는 하늘의 축복이 아니었던가

레아와 라헬과 만물복귀 통한 환고향還故鄕의 승리 속엔
인간의 눈으로 헤아릴 수 없는 천비天秘 깃들어 있었고
요셉의 옥중獄中서 해몽解夢한 포도송이와 흰 떡의 꿈
석방釋放의 순간을 기다려 바로의 충복이 되지 않았던가

하늘의 해와 달과 별은 부모와 열한 형제의 상징이었기에
바로 왕의 괴이怪異한 꿈 해몽으로 연유해 총리대신이 되어
사랑하는 부모와 열한 형제를 맞이하여 환향還鄕의 꿈을
마침내 이룰 수 있었던 것 하늘이 그를 사랑하기 때문이다

현몽現夢은 청수淸水에 얼굴 비치듯 청심淸心 있어야 해
뜻에 사무친 마음과 간절한 심정의 소유자가 되어질 때만이
하늘의 눈동자로 암흑 세상을 진리의 빛으로 밝힌다는 것은
이상理想은 목표目標와 현실現實의 양면을 이루는 게다.

설교 제목 : 꿈과 신앙 사도행전 2장 17~21절
2007년 10월 28일

인생의 결실結實

사람이 살아간다는 것은 변화變化에 적응適應한다는 것과
인생은 주어진 결과結果요 현상이며 유한한 존재인 까닭에
나의 뜻대로 태어난 본질本質이요 원인原因이 아닌 것은
지상地上 삶에서 영원히 생존生存할 수 없기 때문입니다

봄, 여름, 가을 그리고 겨울이 인간에게 알려 주는 교훈이란
탄생과 성장과 결실의 죽음이라는 생로병사生老病死
봄에 태어나서 여름에 성장하고 가을엔 임종臨終을 하는데
겨울은 영면永眠에 이르는 이별離別의 계절季節입니다

원형圓形에서 시작始作한 종점終點은 동일한 지점地點
인생이란 삶의 노정路程에 생사生死란 동전의 양면兩面
복중腹中에서의 타계他界는 지상地上의 탄생인 것이며
지상地上서의 죽음이란 천상天上에서의 영생永生입니다

마음의 열매는 영인체靈人體이며 육신의 열매는 자녀子女
영혼은 불변의 생명이건만 육체는 흙으로 돌아가고 마는 것
토양은 동식물動植物 근거가 되고 이것이 사람의 영양손데
꽃 지면 새봄 오련만 인생人生 한 번 가면 올 수 없습니다

봄은 파종播種의 계절季節! 꽃과 벌과 나비가 춤추는 때
하늘의 태양太陽은 그리움의 생명을 창조하는 신비의 자궁

해와 달과 진주조개 잡이로 왕자王子 왕녀王女 태어나면
안태본安胎本이란 모든 사람들의 시원始原의 본향입니다

하나님의 실체 몸인 인간이란 이중구조二重構造로 돼 있어
정상적正常的인 사람은 무형의 맘과 유형의 몸으로 구성돼
마음은 속사람이요, 육신은 겉 사람 영원과 순간의 관계인데
나무의 목적이 열매에 있듯 육신은 영혼의 완성에 있습니다

생명生命의 씨앗은 하나님의 사랑이며 혈통은 생명의 뿌리
사랑과 생명과 혈통血統이 하나로 조화롭게 아우르게 되면
그 중앙中央에 풍성한 행복의 열매 주렁주렁 영글어 가리니
당신의 신성神性을 닮은 가정家庭은 천국天國 모델입니다

억겁의 세월에 비하면 인간의 삶은 찰나刹那이며 순간瞬間
사람의 영혼은 만년청춘萬年靑春에 영원히 늙지도 아니하여
한정限定된 육신의 생활이 무한無限한 영혼의 위칠 결정해
심는 대로 거두는 종두득두種豆得豆! 만고불변의 진리입니다

선善의 씨앗은 행복 결실하고 악의 씨앗은 불행을 생산하여
죽음이란 인생의 종말이 아닌 새로운 세상으로의 여행인 것을
우주宇宙는 제2의 자아自我이며 영생은 돌고 도는 윤회로
현명한 자는 가슴에 진리와 사랑 아로새기며 사는 사람입니다

가을은 결실의 계절! 무형의 마음씨와 말씨가 태동胎動하여
삶의 현장現場에서 유형의 솜씨와 맵시로 나타나는 것이리니
지상의 삶에서 호흡이 생사의 잣대이듯 영계에서의 영생이란
육신肉身 쓰고 살아가는 동안 땅에서 사랑의 훈련인 것입니다.

설교 제목 : 인생의 열매 갈라디아서 6장 6~10절
2007년 11월 11일

성산聖山의 섭리역사攝理歷史

하늘에 인접隣接한 명산名山과 땅에서 솟는 생수生水의 조화
오케스트라는 임의 신비神秘 노래하는 가장 아름다운 사랑으로
해와 달과 뭇 별들의 그리움은 가정家庭의 정원庭園에 피어나고
평화의 꽃과 행복의 열매와 에메랄드 빛 자유의 깃발이 휘날립니다

무형無形의 실재로 계시는 영존永存의 신神이 인간에 내리신
그 지고지대至高至大한 창조 목적의 3대 축복 이뤄지는 곳은 천국
하나님과 인간관계를 부자父子의 천연天緣으로 자각하신 것은
혈혈단신孑孑單身 찾아오신 복귀섭리復歸攝理의 결실이옵니다

하늘 암호暗號인 성경의 중요 사건인 배경背景은 산山이온데
최초의 인간 조상 아담과 해와가 살았던 에덴동산이라는 곳
선악과善惡果란 계명은 생사生死의 척도尺度며 믿음의 잣대
인간과 만물의 차이는 당신의 창조성創造性을 갖기 때문입니다

아담부터 노아를 잇는 10대 1,600년 파란波瀾의 역사라는 것은
믿음의 조상인 노아의 방주方舟가 만들어졌던 아라랏산山인데
120년의 냉소冷笑와 조롱嘲弄을 인내와 충심으로 극복하시어
40일 홍수 심판洪水審判은 선악善惡을 깡그리 분립하셨습니다

함이 부친父親에 대한 나체裸體를 보고 부끄러워한 실수失手
아담 가정 불신에 대한 하체下體 가린 곳 탕감복귀하시려는 뜻

샘과 함과 야벳의 공모共謀라는 선동煽動은 마귀魔鬼의 속성
하늘의 섭리 계승할 우상장사의 아들 아브라함 찾아 세우셨습니다

선악 분립善惡分立으로 소유권 결정하시려 3제물 쪼개라 명령하신
아브라함과 이삭의 부자父子가 심정의 일체를 이룬 모리아 산山
아버지의 절대 신앙과 아들의 절대 복종에 따른 하늘 편의 승리오매
이제야 네가 날 경외敬畏하노라! 실패와 성공에 대한 절규입니다

노아에서 아브라함까지 400년 이로부터 모세까지 400년이란 기간
사탄으로 연유緣由한 4수는 동일한 가치의 탕감 조건蕩減條件에
애굽 고역 시대 400년 거쳐 모세를 통한 출애굽 노정의 결실結實은
시내산山 2차의 40일 금식으로 두 석판의 십계명을 받았습니다

모세로부터 예수에 이른 1,600년 기간 길고 긴 천로역정天路驛程
애간장 타는 인고忍苦의 험로險路인데 벙어리 냉가슴 고독 단신에
유대민족의 불신이 낳은 겟세마네 동산, 피눈물 나는 담판談判 기도
세 제자 동상이몽에 주님의 골고다 십자가는 형극의 길이었습니다

평안북도 정주군 덕언면 상사리 2221에서 태어나신 참부모님께선
부활절 묘두산猫頭山서 예수의 사명使命을 인계引繼받으시고
1948년 28세 때 서울의 동작구 서달산西達山 흑석동 성지에서의
주야장천 통곡痛哭은 기도의 혈루血淚로 실개천 이루었습니다

하늘에 가장 맞닿은 곳 정상頂上이라는 산상山上의 성지聖地로
아담의 에덴동산, 노아의 아라랏산, 아브라함의 모리아산에 이어지고
모세의 시내산과 예수의 겟세마네 동산서부터 천성산天聖山에 이른
첩첩산중疊疊山中 극복하신 평화왕국의 대승을 찬양讚揚하옵니다.

설교 제목 : 산을 중심한 섭리 마태복음 26장 36~46절
2007년 11월 18일

참사랑의 발원지發源地

서러우신 하나님의 심정을 체휼體恤하시기 위하여서
달려오신 그 파란波瀾의 세월들 이리도 가슴 아픈데
산모産母의 해산의 통증痛症과 같았던 통한의 길
서광으로 불신不信의 밤, 안개처럼 걷히고 말았습니다

기막힌 천륜의 비밀秘密 애오라지 해원 성사키 위해
도도한 복귀섭리역사의 뒤안길을 외골수로 걸어오신
하나님의 실체 성전 되신 당신의 고독 단신 천로역정은
신문명! 후천시대의 평화왕국을 개문開門하셨습니다

흑석동黑石洞을 백석동白石洞으로 탈바꿈하시려고
석판石板의 섭리로 이스라엘 선민을 이끌어 나오신
동시성同時性 섭리, 오묘奧妙하신 당신의 프로그램
의인義人이 가는 길은 맞고 빼앗아 오는 작전입니다

성약시대成約時代는 구약과 신약 두루 아우르는 때
지성至誠이란 정상頂上으로 가는 첩경捷徑이기에
에서를 굴복시킨 야곱의 길 복귀섭리의 전형 노정인데
서릿발 내린 새 아침은 찬란한 영광의 새날인 것입니다

사막沙漠의 오아시스와도 같이 달고 오묘한 그 말씀
당신은 말씀으로 성육신成肉身하신 살아계신 하나님

삼삼하게 아른거리는 상사리의 그리운 그 언덕 위에는
동심童心에 젖어 살던 아름다운 추억追憶 있습니다

십계명十誡命 받으신 시내산과도 같은 흑석동 성지는
팔팔했던 당신의 기상氣像과 기백氣魄으로 충만해
명실상부名實相符한 하늘과 인간은 부모와 자식 관계
은하의 강 별빛 쏟아지는 밤 하나님은 통곡하셨습니다

당당하신 눈빛으로 흑암 불사르기 위하여서 걸어오신
신명神命 따라 부모 형제 처자식도 외면하셨던 외길
모세의 불신 탕감복귀하시려 혀를 깨무는 통증으로
습지濕地서 양지陽地를 향하고 계시는 것이옵니다

연연한 그리움에 초창기初創期 학창시절 돌아보시면
상상만 하여도 콧잔등이 시큰해지는 흑석동의 담판은
하늘의 심정에 사무쳐 창망한 영계와 씨름하였던 험로
고통苦痛 속에서 당신은 하늘의 비밀을 찾으셨습니다

간곡懇曲한 심사深思로 천길 바닥에서 찾으신 말씀
절절한 심정心情에 감동感動 감격해야 하는 것인데
한스러웠던 회한悔恨의 곡절 많은 그 통한의 시간들
맘은 원이나 육신肉身은 병약病弱한 철부지입니다

기도祈禱의 피눈물로 실개천을 이룬 흑석동의 성지가
도통道通과 신통神通의 요람과 산실産室인 까닭은
한恨이 폭발爆發해 흐르는 한강漢江을 바라보면서
다시금 생각해 보면 참사랑 발원지는 흑석동 성지입니다.

설교 제목 : 참부모님 생애 노정 요한복음 10장 37절
2007년 11월 25일

신앙信仰의 3단계

하나님을 경외敬畏하는 것이 신앙信仰의 진수이리니
무형無形으로 실존實存하신 신성神性을 안다는 것은
이 세상世上 그 무엇보다 난해難解하고 어려운 까닭에
심오深奧한 경지境地 이르는 것 아무나 할 수 없습니다

기독교의 성경聖經, 불교의 불경佛經이라는 것도 결국
절대자絕對者인 창조주創造主의 본질本質을 아는 것
가는 길 각기各其 다르다 할지라도 정상頂上에 이르면
유무상통有無相通에 천국天國은 참사랑의 세계입니다

모든 생명체生命體 완성이란 질서의 3단계 거쳐 가는 것
소생기蘇生期 믿음의 기대와 장성기長成期의 실체기대
완성기完成期의 메시아기대를 통하여 심정기대 조성으로
종축縱軸과 횡축橫軸의 기조 위에 입체立體 이룹니다

성서聖書는 구약舊約 39권, 신약 27권으로 구성돼 있고
구약의 핵심은 율법律法, 신약은 복음福音, 성약은 원리
유태교猶太敎와 개신교改新敎와 가정연합家庭聯合이란
카인과 아벨과 셋의 아담 가정 삼형제三兄弟와 같은 것입니다

한 사람의 불신으로 많은 사람이 죄인罪人이 된 것과 같이
메시아의 순종과 승리는 하늘의 성업聖業 이룩하는 시금석

소생의 믿음과 장성 소망과 완성의 사랑은 본향에 이르는 길
당신은 길이요, 진리眞理며 생명生命의 본체本體입니다

소생이란 나무의 뿌리와도 같은 것인 까닭에 토대와도 같아
신뢰信賴와 신용信用과 신심信心과 신앙信仰이란 4신
믿음의 4위기대 조성造成하는 기초와 같은 것이기 때문에
각자各自의 자각自覺이 따름으로 자아自我 완성합니다

첫째, 시각視覺의 믿음인데 눈으로 목도目睹함으로 인해
나타난 현실現實의 이적異蹟과 기사를 통해 만족하는 것
모세의 3대 기적奇蹟과 10재앙災殃에 놀라워하는 신앙인
바다의 본질을 보지 못한 파도波濤만 바라보는 사람입니다

둘째, 청각聽覺의 믿음이란 귀에 들음으로 진리를 자각하여
말씀의 씨앗을 심전心田에 뿌림으로 연유해 성장하는 신앙
돌밭에 뿌린 씨앗 새가 쪼아 먹고 가시덤불에 뿌린 씨앗이란
말씀이 돋아나다 말라 죽고 옥토란 백 배百倍의 수확입니다

셋째, 심각心覺의 믿음은 말씀이 성육신成肉身됨으로 인해
자신自身의 마음속 깊은 곳에서부터 심각深刻함 따름으로
당신과 나와의 관계關係, 부모父母와 자식子息으로 간주
생사고락生死苦樂을 같이하는 운명 공동체運命共同體입니다

총화總和 이룬 영각靈覺의 믿음은 신인神人이 하나인 것
순간瞬間과 영원永遠은 일관一貫이며 자타自他는 일체
진리眞理의 확신確信에 따르는 체휼體恤 신앙이라는 것은
칠흑漆黑 밤의 빛, 사막沙漠의 오아시스와 같기도 합니다.

설교 제목: 믿음의 3단계 요한복음 10장 37~38절
2007년 12월 9일

실천實踐의 삶

마음은 이상理想에 살고 몸은 현실現實에 현존現存하는 까닭에
심신일체心身一體는 영계靈界와 육계肉界를 아우르는 징검다리
인간人間은 하늘과 땅을 결합結合시키는 우주宇宙의 축소체인데
천지간天地間 신神과 인간人間은 부자父子의 관계關係입니다

성경聖經은 하늘의 계실啓示 무지한 인간에게 알려주는 암호暗號
시대마다 인간의 심령心靈과 지능知能에 따라 주시는 방법이 달라
구약舊約의 중심中心은 모세의 십계명十誡命인 율법律法인 것
하나님과 인간人間의 사랑을 핵심축核心軸으로 볼 수 있습니다

사두개파 율법사가 예수께 10계명 중에 무엇이 가장 으뜸이냐 물을 때
처음은 네 마음과 정성精誠과 목숨을 다해 주主 하나님 사랑하는 것
다음은 너의 이웃을 네 몸처럼 진정眞情과 진심眞心과 진실眞實로
귀중히 받들어서 종적인 사랑을 횡적으로 실천實踐하라고 하셨습니다

우리들 사랑의 실천 방법으로 먼저 '나를 사랑하는 사람 사랑하는 것'
다음은 '무해무덕無害無德의 사람 사랑하는 것'과 '원수 사랑하는 것'
이 땅의 모든 사람은 애당초 누구나 자식子息으로 태어나 성장하면서
때가 되면 사랑의 과정을 거쳐서 부모가 되는 것은 자연의 이치입니다

날 가장 사랑하는 양친兩親은 그 무엇과도 바꿀 수 없는 생명의 은인
하나님은 무형無形의 영원한 영靈의 근원이고 유형有形의 부모님은

나의 육체肉體 창조創造하신 유한有限의 보호자保護者인 까닭으로
세상世上 모든 자녀子女들 그 사랑에 빚진 자라 해도 좋을 것입니다

부모의 사랑은 내림 사랑, 자녀의 사랑은 올림 사랑, 부부 사랑은
이음 사랑
부부夫婦의 다리를 통하지 아니한 생명 잉태란 있을 수 없는 까닭으로
부자의 촌수는 일촌一村이라 말하지만 부부夫婦 관계의 촌수라는 건
무촌無村 아닌 분신分身인 것은 둘의 합습이 일一이기 때문입니다

절대絶對 성性이란 부부의 관계關係에서만 성립할 수 있는 것이기에
두 맘과 두 몸 자유롭게 교차할 수 있는 것은 남편과 아내밖에 없는 것
절대 성에서 혈통血統이 형성되고 여기에 생명과 사랑이 쌍존雙存해
참사랑과 참생명과 참혈통은 정삼각형正三角形의 같은 등변等邊입니다

참다운 사랑은 무해무덕無害無德의 사람 위하는 것과 원수까지 사랑해
원수怨讐를 친구親舊로 만드는 것이라면 원수란 사랑을 만드는 자로
마귀魔鬼의 전법戰法은 강제强制 굴복屈服이고 하늘은 자연 굴복으로
복귀섭리復歸攝理가 연장延長을 거듭한 이유가 여기에 있는 것입니다

지옥 밑창을 뚫기 위하여 일생을 전력투구全力投球하여 나오신 부모님
흥남감옥소 사지死地에서 인민군 대대장 박정화 씨를 감복시킨 것도
억만億萬 사탄과 싸워서 승리하신 비법도 결국은 상대를 이해理解하고

죄인의 허물을 용서容恕했기 때문이며 베풂의 삶을 사셨기 때문입니다

천국天國 열두 진주문眞珠門이라는 것도 알고 보면 인간의 마음의 문
각各 사람 성격 다 맞출 수 있다는 것은 원만성圓滿性의 성품 지닌 것
시기猜忌 질투嫉妬 혈기血氣 교만驕慢이 모난 돌과 같은 마음이면
자애慈愛 온유溫柔 겸손謙遜 순종順從의 삶은 조약돌인 것입니다.

설교 제목 : 실천하는 신앙 마태복음 22장 34~40절

2007년 12월 16일

인생人生의 소중所重한 것들

이 세상에서 제일 소중所重한 생명生命을 지칭하여 이르는 말
네가 온 천할天下 얻고도 목숨 잃으면 무엇이 유익有益하리오
신약新約의 성경聖經 마태복음 16장 26절에 기록된 말씀이련만
진리眞理란 만고불변萬古不變의 보물寶物과도 같은 것입니다

요셉의 꿈과도 같은 당신의 명확明確한 몽시夢視로 보여 주신
암갈색 토실토실 밤송이들의 운집雲集이라고 하는 것 알고 보면
풍성豊盛한 결실結實 예시豫示해 주는 것이기 때문이기도 해
신념信念과 확신確信이란 목적지目的地에 이르는 첩경입니다

정해년의 해가 떨어지기 전에 우리들이 심각히 생각해 봐야 할 것
내 인생의 한 해 결산함에 있어 과연 잃은 것과 얻은 것 무엇이며
지나간 세월歲月이 보람차고 즐거웠었던 것인가를 뒤돌아보면서
일 년간 지었던 삶의 타작打作 마당 갈무리하고 있는 것입니다

모든 사람들 한결같이 거두어야 할 수확이란 시간時間과 제물
건강健康과 인심人心과 천심天心이라는 오곡五穀인 것인데
어느 것 하나 귀치 아니한 것이 없는 것이련만 그 가운데 시간인
1년은 초, 분, 시, 월月의 결합인 365일 5시간 48분 46초입니다

시간은 약속이며 약속은 인격이요 인격은 생명이므로 시간은 생명
한 해의 시간은 8,765시간이기에 90년 살아도 788,850시간인데

시간時間은 인간에게 생살生死 동시同時에 부여賦與하는 것
향기香氣 넘치는 시간 산 시간 냄새 나는 시간은 죽은 시간입니다

제물祭物이라는 유형有形의 재산財産은 있다가도 없기도 하고
없다가도 있기도 하는 삶의 수단手段과 방편方便인 것이기도 해
재욕財慾에 눈멀면 인격人格과 양심良心도 전당포典當鋪 맡겨
위선僞善의 가면假面을 쓰기도 하는 철면피鐵面皮가 많습니다

건강健康은 무엇과도 바꿀 수 없는 보석寶石 온 세상 다 얻어도
병원病院을 내 집처럼 가는 사람 산해진미山海珍味란 그림의 떡
자신自身의 몸이 아프면 세상世上 모든 것 귀찮아지는 것이기에
아픔이나 고통苦痛은 그 누구도 대신代身해 줄 수 없는 것입니다

인심人心을 잃으면 정신精神의 건강健康 잃는 것이나 같은 것
너와 나의 만남이란 인간관계人間關係서 행복幸福이 존재함으로
인심을 얻는 비결秘訣은 신뢰信賴와 신의信義에서 유래하는 것
믿음과 불신不信, 천국天國과 지옥地獄의 분수령分水嶺입니다

천심天心은 하나님의 마음을 얻을 때 주어지는 하늘의 축복祝福
2007년 12월 19일 17대 이명박 대통령 당선자의 어머니의 일성은
그의 감옥監獄 생활 첫 면회 때 '기도祈禱와 성경 공부하는가?'
위대한 지도자指導者의 배후엔 어머니의 정성이 깃들어 있습니다

임어당은 시간의 소중함에서 소년이노학난성少年易老學難成하고
일촌광음불가경一村光陰不可輕이라 하였다는 것의 그 진의眞意
소년少年이 늙기는 쉽고 학문學問을 이루기는 어려운 것이므로
한순간이라도 경솔輕率치 말라는 것 시간은 하나님 다음입니다.

설교 제목 : 잃은 것과 얻은 것 마태복음 16장 25~27절
2007년 12월 30일

믿음과 행함의 융화融和

동그라미의 시발始發과 종점終點이라고 하는 것은
무시무종無始無終의 영원성永遠性에 이르는 점선들
사랑의 술래잡기와도 같은 평화의 행진곡行進曲인데
불멸不滅의 사랑이란 준 자체를 잊어버리는 것입니다

아름다운 숲을 조성한다는 것에는 형용사가 필요하련만
사랑과 행복이라는 말 앞엔 어떤 수식어도 무의미해
참사랑과 거짓 사랑, 이것 아니면 저것은 흑백논리인 것
임의 청사진靑寫眞에 위선이란 존재하지도 않습니다

육신肉身의 생명生命은 호흡呼吸에 달려 있는 것
영혼靈魂의 영생永生은 기도祈禱와 정성精誠으로
천심天心에 따르는 천운天運의 도래라고 하는 것은
무형의 하늘에서 주어지는 진인사대천명의 예물입니다

사람과 사람의 관계關係에서 이루어지는 삶의 보람은
받음에 있는 것 아니고 주는 곳에 있는 까닭으로 인해
인심人心이라는 것은 유유상종類類相從에서 연유한
무재칠시無財七施의 미덕美德에 있다 해도 좋습니다

부처님의 보시布施에서 화안시和顏施에 풍기는 향기
해맑은 미소微笑에는 값으로 헤아릴 수 없는 것 있어

인간의 나타난 모든 행위行爲는 마음의 그림자와 같아
비둘기 나무에 앉아도 마음은 콩밭에 가 있는 것입니다

건강健康과 재물財物 아무리 필요하다고 해도 사람이
병마病魔에 시달리는 고통苦痛의 연속連續이라면
부귀영활富貴榮華 누린다 할지라도 아무 소용이 없어
정신건강精神健康이란 천심과 인심의 조화에 있습니다

자동차自動車가 오일에 의하여 작동作動하며 가듯이
인간의 건강한 육체는 청혈淸血에 의해 유지維持되고
사람의 건전한 인격人格과 영혼은 진리를 먹고 완성해
우리들 불치不治의 비만증肥滿症 운동으로 치유합니다

행함이 없는 믿음은 고인 물이나 다를 바가 없기 때문에
지행합일知行合一의 언행일치言行一致라고 하는 것은
그 근원根源 올바른 정신에서 기인起因하는 까닭으로
흑석동 기적奇蹟 당신의 실천궁행實踐躬行에 있습니다

고공高空 찌르는 마천루摩天樓가 건재健在한 까닭은
기초基礎가 튼튼하고 토대土臺가 견고堅固하기 때문
승자의 삶이란 철저한 기획企劃에 따르는 확고한 신념과
초지일관初志一貫된 인내심忍耐心의 결과인 것입니다

천로역정天路驛程 신앙信仰 길 파도波濤와도 같은 것
모세 노정의 교훈은 은사恩賜와 시련試鍊의 연속連續
새해맞이 다짐하는 첫사랑의 내 마음 긍휼矜恤의 손길에
과감果敢한 실천궁행實踐躬行만이 승리의 비결입니다.

설교 제목 : 믿음과 행함 야고보서 2장 14~17절
2008년 1월 6일

다윗의 믿음과 용기

진정한 용기勇氣라고 하는 것은 현실現實과 이상理想이 달라도
나의 본성本性과 양심이 옳다고 생각될 때 과감하게 나설 줄 알고
내 생각과 다른 다수多數의 정의正義가 있을 때 물러설 줄 아는
선善과 악惡을 분간分揀하고 분별分別하는 분수分數입니다

불변不變의 신앙信仰이란 난관難關에 굴하지 아니하는 인내심
환경環境을 탓하지 않고 스스로 극복克復할 줄 아는 능력能力
양심良心은 하늘 우러러 부끄럽지 아니한 자각自覺을 갑옷 삼아
아무것도 두렵게 생각하지 않고 살아가는 호연지기浩然之氣입니다

통일왕국시대 120년이라는 기간은 유대민족 초석을 닦는 기간期間
사울의 사위 다윗, 다윗의 아들 솔로몬의 재위在位 각각 40년은
여호와의 창조創造 목적目的인 사위기대四位基臺 이루기 위한 것
하늘의 성업 완성完成하는 복귀섭리復歸攝理의 소망所望입니다

죄악罪惡이란 말에 내포한 뜻, 사위기대가 아니라는 의미意味와
본심本心에서 버금할 수 없는 그 마음이 악惡일 수 있다고 하는
숨은 곡절曲折의 비밀秘密이 있기도 하는 까닭으로 연유緣由해
세상에서 흔히 사四라는 숫자를 죽을 사死라고도 하는 것입니다

에덴동산으로부터 추방追放이란 최초의 비극悲劇을 자초自招한
선악과善惡果의 정체正體를 명명백백明明白白하게 밝혀내시려

고독단신孤獨單身으로 천신만고千辛萬苦의 외론 길 걸어 나오신
당신의 천로역정天路歷程은 애간장 타는 험로險路 그 자체입니다

하늘의 몫은 선악과를 창조하는 것이고 인간의 몫은 계명 지키는 것
선행善行이란 본심의 열매, 악행惡行이란 사심邪心의 산물인데
믿음과 불신不信은 천국天國과 지옥地獄의 분수령分水嶺인 것
인간人間이란 말엔 하나님과 마귀魔鬼의 사이라는 뜻도 있습니다

블레셋과 이스라엘의 대결이란 결전장決戰場에 선 골리앗과의 항전
다윗의 절대적인 믿음을 바탕해 항오行伍를 향하여 달리는 용맹은
임마누엘의 역사役事와 물맷돌의 위력威力으로 꼬꾸라진 골리앗!
승리勝利와 패배敗北라는 것 섭리攝理의 초점 맞추는 것입니다

정신일도하사불성精神一到何事不成이라는 그 진정眞正한 의미엔
진인사대천명盡人事待天命이란 지극至極한 정성精誠이 깃들기에
너와 나를 병합竝合한 우리라고 하는 울타리를 피차가 만들어 가면
천운天運 도래到來와 정착定着은 시간時間을 초월超越합니다

불가능不可能을 가능하게 하고 부정否定을 긍정肯定으로 화하는
전지전능全知全能하신 하나님의 무소부재無所不在와 편재遍在란
종축縱軸과 횡축橫軸 직각直角으로 만나는 그 중앙中央에서만
당신의 의도意圖가 실현實現된 본향本鄕이라 말할 수 있습니다

쉴 만한 물가로 인도하시는 여호와께서 다윗을 통하여 다 이루었다 할
괄목刮目할 만한 실적實績과 영광榮光은 말뚝에 묶어둔 것 아니라
자유로운 방목放牧 가운데서 자각自覺해야만 하는 삶의 지혜知慧
우둔愚鈍은 태만怠慢함에 있고 명철明哲은 근면勤勉에 있습니다.

설교 제목 : 다윗의 믿음과 용기 사무엘상 17장 45~58절

2008년 2월 3일

소망所望의 파종播種

종자種子를 뿌려야 할 파종播種의 때를 놓치고 마는 농부農夫
그에게 결실結實의 수확收穫이란 그림의 떡과도 같기 때문으로
지혜로운 농사꾼은 적재적소適材適所에 씨앗을 뿌리는 것이기에
풍요론 황금黃金의 들판 오곡백과五穀百果는 풍년을 부릅니다

신앙信仰의 궁극窮極의 목적은 창조創造 목적目的을 이루는 것
생육生育하고 번성繁盛하여 만물을 주관主管하라는 3대 축복은
개성 완성, 가정 완성, 주관성 완성으로 소망所望 중에 즐거워하는 것
행복幸福과 축복祝福은 책임론과 은총론을 가늠하는 잣대입니다

기독교의 핵심에 존재하는 십자가十字架 보혈寶血의 공로功勞
수고하고 무거운 짐진 자들아 다 내게로 오면 너희를 쉬게 하리라
성약成約의 중심에 자리하는 책임責任 분담分擔이란 철이 든 효심
주인主人과 종의 차이差異, 희생犧牲의 농도濃度에 있습니다

작금昨今에 이르는 성직자聖職者의 파란만장波瀾萬丈한 삶에서
위대偉大한 삶 무언가 알 수 있어 영광과 축복의 보물寶物 지닌
곽선희, 강원용, 조용기, 한경직 원로 목사들의 금자탑에는
필설筆舌로 헤아릴 수 없는 무언無言의 곡절曲折이 있었습니다

한국 최초의 노벨평화상 수상자 김대중 전 대통령의 옥중 독서와
참부모님의 여섯 번의 옥살이를 통해서 찾은 금과옥조金科玉條인

만고지승자萬苦之勝者는 영고지왕자榮高之王者라는 의미意味엔
고진감래苦盡甘來의 인내忍耐 중에 즐거워하는 지혜가 있습니다

두 가지 소망所望이란 하나는 물질적 가치로 재물財物과 돈인 것
둘은 정신적 가치로 사랑을 기반으로 하는 진리眞理를 터득하는 것
농부農夫는 씨를 뿌려 결실하고 축산가畜産家는 다량의 새끼 번식
상인商人은 투자投資에 비해 높은 이윤利潤 창출하는 것입니다

재화財貨란 물질의 가치는 유한적 가치며 대상적 가치價値에 비해
사랑과 진리眞理라는 정신의 가치는 영생永生의 가치인 것으로서
교육자敎育者는 지식知識의 전수傳授, 성직자는 말씀을 전함으로
황폐화荒廢化된 산성酸性의 심지心地를 옥토沃土로 만듭니다

소망의 씨앗이 심전心田에 뿌려질 때 가슴에 우러나는 확신의 용기
2만 제단祭壇을 희망하시는 본부 교회 당회장이신 문형진 목사님은
하버드대학 종교학을 전공하시고 달라이라마와의 장장 3시간 면담에
모든 종교를 포용包容하심으로 질그릇 속에 보배寶盃를 지닙니다

소망所望과 희망希望과 대망大望이라는 이상理想을 향한 신념
비록 삼망三望의 과정過程은 시련試鍊과 고통苦痛이라고 해도
역경을 극복克復한 결과는 희락喜樂과 환희歡喜인 것이기 때문에
흥남감옥監獄에서 승리는 피와 땀과 눈물의 결정체結晶體입니다

입춘대길立春大吉을 맞은 무자년戊子年엔 믿음과 소망과 사랑으로
자학自虐의 늪에서 벗어나 저 높은 곳! 천성을 향해 날마다 나아가
악惡을 선善으로 갚아 지옥地獄의 밑창 뚫을 수 있는 사람이라면
우리는 천일국天一國의 주인이며 평화와 평강과 평안의 주역입니다.

설교 제목 : 소망 중에 즐거워하라 로마서 12장 12~13절
2008년 2월 17일

말씀 씨앗의 결실結實

씨앗은 원인原因, 열매의 수확은 결과結果인 것
불 아니 땐 굴뚝에서 연기煙氣 날 리가 없는 것은
자연의 법칙이란 인과응보因果應報의 순리인 것
종두득두種豆得豆란 말은 이를 두고 일컫습니다

성경聖經은 하늘의 암호와도 같은 보석함寶石函
금은보화金銀寶貨 가득한 신기루蜃氣樓의 열쇠
과거는 역사, 현재는 선물, 미래는 미스터리인 것을
시간時間의 절대성絕對性이란 영원한 것입니다

농부가 뿌리는 씨앗은 파종播種의 때가 있건마는
예수께서 뿌린 말씀의 씨앗은 전천후全天候인 것
밭을 가꾸는 것이 이 세상 모든 사람들 해야 할 일
사람의 마음 밭은 옥토沃土일수록 풍요롭습니다

길가에 떨어진 씨앗은 새들의 모이밖에 되지 않지만
돌밭에 뿌려진 씨앗은 싹이 나오지만 이내 고사하고
가시 떨기 위에 자라는 씨앗은 기운을 막아 시들고
옥토에 떨어지매 혹 백 배 혹 육십 배로 결실합니다

1954년 5월 1일 세칭 통일교회의 출발과 더불어서 온
숱한 제자들 가운데 초창기부터 지금까지 시종여일한

강현실 여사에 얽힌 사연과 인연과 천연天緣의 삶엔
눈물 없인 들을 수 없는 파란만장한 곡절이 있습니다

천정궁 훈독회서 간증하신 그분의 카랑카랑한 음성
예나 지금이나 한결같은데 '영광의 왕관' 이란 암송
고산高山에 뿌리내린 기암절벽의 노송老松 같아서
들으면 들을수록 좋고 보면 볼수록 신비神秘합니다

말씀의 씨앗 발아發芽하기 위해선 세 가지의 요소
온도溫度와 습도濕度와 공기空氣가 필요한 것
썩어지는 씨, 그대로 있는 씨와 싹이 트는 씨가 있어
발아發芽 후에는 농부의 정성과 거름이 필요합니다

알찬 결실을 위해서 마음 밭을 비옥한 땅으로 만들고
진리의 말씀이라는 씨앗을 적기適期에 파종을 하여
결실結實은 실천의 봉사와 헌신의 삶이 요구되기에
높은 거목이 태풍 견디기 위해 뿌리는 깊어야 합니다

지난 7월 17일 밤 청해가든에서 받은 당신의 꿈속에서
하얀 백지白紙, 짊어지고 등 뒤에서 3명이 받쳐 줌은
원리의 자율성自律性과 주관성主觀性의 깊은 뜻을
하늘 중심한 3제자 사위기대를 이루라는 계시입니다

생명나무 선나무로 자라나는 인간人間이라는 나무엔
무형無形의 씨앗인 마음씨와 말씨가 동기動機 되고
행동行動으로 나타나는 맵시와 솜씨가 조화를 이루어
네 가지 씨에서 행복幸福의 결실은 천국天國입니다.

설교 제목 : 결실하는 말씀 마태복음 13장3~9절
2008년 7월 27일

마음이 머무는 곳

인간人間이란 말은 마음과 몸의 사이이며
남자와 여자의 조화로운 관계에서 상생하고
겉 사람과 속사람의 상응에 따른 인격자로
천주 주관 전에 자아 주관 완성하는 것이어라

사람의 육신 유한된 삶을 살아가는 것이며
그의 영혼靈魂은 영원永遠하기 때문으로
찰나刹那에 불과한 이승에서의 삶이란 것
불국정토 이르기 위한 꿈결 같은 삶이어라

사람의 마음이 머무는 곳은 그리움이 있고
그리움이 있는 곳에 사랑 또한 있는 까닭에
사랑이라는 보물과 제물이란 보석의 사이는
떼려야 뗄 수 없는 천생연분의 부부이어라

아오모리 과수원 태풍으로 떨어진 낙과에도
절망과 낙망을 소망과 희망으로 변화시킨 것
없어진 것에 대한 불평 아닌 남은 것에 대한
감사와 긍정적 사고에 대한 만족과 행복이라

좀과 동록銅綠 있는 땅에다 보물 쌓지 말고
도적盜賊이 구멍 뚫지 못하는 하늘나라에서

정심精心에 따르는 헌신과 봉사로 살아가면
거기 아름다운 지상천국이 이루어지리이다

불평불만으로 사는 자는 황금도 돌 같은 것
감격과 감동으로 사는 자는 돌도 황금인 것
성전 신축에 백미 10가말 바친 신동천 씨
한밤중에도 교회를 돌며 쓰다듬고 있었어라.

설교 제목 : 마음이 머무는 곳 마태복음 6장 5~13절
2008년 4월 27일

진인사대천명盡人事待天命

신뢰와 불신不信은 인간의 마음에서 연유하는 것
선악과善惡果를 지으신 당신의 지엄하신 계명은
인간을 만물의 영장으로 세우시려는 창조성의 전수
법도로 창조하고 사랑으로 주관하시려는 뜻입니다

'구하라, 그러면 너희에게 주실 것이요' 란 말씀은
인간 자신에 주어진 몫과 하나님 몫의 조화이기에
진인사대천명으로 하늘은 당신의 가장 귀중한 것
송두리째 주시고픈 그 마음이 부모의 심정입니다

인간 책임責任 분담分擔과 신의 은총론恩寵論엔
모두 일리一理 있는 주장이련만 그 기준이란 것은
인간에게 준 금단禁斷의 열매에 대한 신뢰도인데
생명과 사망은 한 지점에 있어 순간의 선택입니다

하나님의 창조의 성업을 상속받기 위한 책임으로서
진인사盡人事의 비결이란 것에는 세 가지가 있어
첫째가 하나님의 뜻에 초점焦點을 맞추는 것이며
둘째는 철저한 기획, 셋짼 과감한 실천인 것입니다

인간의 일에는 한계가 있어 기도의 힘이라는 것은
상상을 초월하는 기적을 창출할 수도 있는 까닭에

창조주의 능력을 인식하고 체휼하는 실감을 통하여
과녁 향한 정조준正照準이 가능可能한 것입니다

당신은 세계에다 바둑알 두시고 집을 짓고 계신데
근시안적인 인간의 안목으로는 감히 헤아릴 수 없어
포도나무회와 시민평화대학을 통한 복지법인 설립은
원리의 보편화와 대중화로 가는 하나의 순리입니다.

설교 제목 : 믿음으로 구하라 마태복음 7장 7~12절
2008년 5월 18일

생사生死의 갈림길

뱀이 허물 벗어버리기 위해 돌 틈을 빠져나가야만 하듯
타락한 인간이 고난과 역경을 극복하기 위한 탕감의 길
홀로 가야 하는 까닭은 불신이 빚은 자업자득自業自得
정상頂上 이르는 방법 좁은 길과 넓은 길이 있습니다

좁은 문門으로 들어가면 생명生命으로 인도하는 길
넓은 문門으로 가면 멸망滅亡과 사망으로 가는 것을
철든 사람은 지혜로 터득攄得할 수 있는 것이련마는
우직愚直한 사람은 알면서도 죽음의 길을 자초합니다

복귀섭리의 노정에 좁은 문 거쳐 온 중심 인물 가운데는
비소非笑와 조롱嘲弄의 노아, 고향 등진 아브라함과
독자 이삭을 산 제물로 바쳐야만 했던 구곡간장의 통한!
모세와 예수의 길은 좁고도 험난한 형극의 길이었습니다

천상천하유아독존天上天下唯我獨尊인 소중한 목숨이란
옥문玉門을 통한 해산解産의 고통苦痛인 까닭으로
산고産苦의 길은 모성애母性愛로만 극복이 가능한 것
생사의 갈림길에선 인간은 선택의 자유自由가 있습니다

하늘도 간섭치 못하시는 인간 책임 분담이라고 하는 것은
자유의지로 말미암아 완성과 미완성이 결정되는 까닭에

창조 원리의 절대성과 완전무결성이란 누구에게나 적용돼
당신의 상속권相續權! 참사랑 실천實踐의 영광입니다

참부모님의 파란만장한 섭리의 길은 혈혈단신孑孑單身
억만 사탄과 싸우신 험산준령의 첩첩산중疊疊山中인데
지금도 고독단신孤獨單身 걸어가시는 평화의 대왕께서
앞만 보고 가라시며 빛과 소금의 역할 다 하라 하십니다.

설교 제목 : 좁은 문은 생명 길 마태복음 7장 13~14절
2008년 5월 25일

사제지간師弟之間

바알세불이란 말은 하늘의 뜻에 상반한 불신의 우상偶像!
여호와라는 말은 태초에 천지 창조하신 생명의 근원根源!
선善과 악惡이 영원히 하나 될 수 없는 앙숙怏宿이면
평행선 양쪽에 위치位置하는 적敵일 수밖에 없습니다

2천 년 전 구세주 예수 그리스도, 제자가 그 선생先生 같고
종이 그 상전上典 같으면 족하다고 하였다는 그 말씀에는
권위주의權威主義의 발상發想이 내재하고 있다고 볼 때
시대착오時代錯誤란 늘상 범할 수 있는 죄이기도 합니다

1977년 새마을 교육의 중앙공무원 김용래 원장의 시절에
성직자 200명이 모인 자리에서 첫 강의를 한 유달영 박사
기독교와 불교의 신들이 떠나고 있다고 폭탄爆彈 선언을 해
종교의 앞날을 걱정하며 제자인 허인회 교수 자랑했습니다

이 세상에 선생과 학생은 허다하건만 스승과 제자는 적기에
스승다운 스승과 제자다운 제자의 상이란 참사랑을 바탕으로
득도의 경지란 개성 완성이고 행복의 요람은 가정의 완성인데
예수의 통한痛恨은 더벅머리 총각으로 한평생 산 것입니다

옥한흠 원로 목사의 지론은 지상에서 하나님 모시고 살면
영계靈界는 가정이 필요 없는 것으로 오직 주님만 찬양해

하나님과 인간의 관계를 일대일의 관계로 설정하고 있건만
통일 원리에는 가정家庭 단위의 천국을 설파하고 있습니다

이 세상의 모든 사람들 세 분의 부모를 모시고 살아가는 것
생부生父와 사부師父와 국부國父라는 3대 주체主體는
효자孝子와 제자弟子와 충신忠臣을 필요로 하고 있기에
개성 완성, 가정 완성, 주관성 완성은 하나님의 진정한 뜻입니다.

설교 제목 : 스승 닮은 제자 되자 마태복음 10장 24~25절
2008년 6월 15일

평화平和의 선구자先驅者

감옥監獄이 존재한다는 것은 범죄犯罪 행위가 있다는 것
이 세상에 없을수록 좋은 곳이 있다면 병원과 교도소矯導所
병원은 육신肉身이 병마病魔에 시달릴 때 찾아가는 장소
형무소刑務所는 범법자犯法者를 구속拘束하는 곳입니다

구세주救世主의 사명감使命感을 뼛속 깊이 간직하신 임!
문선명 총재님의 일평생一平生은 파란波瀾과 질곡의 생애
고독단신孤獨單身 천신만고千辛萬苦의 연속이었기 때문에
하나님의 통한痛恨에 사로잡히신 형극荊棘의 삶이었습니다

독립운동獨立運動의 선각자이셨던 조부祖父님의 핏줄 받아
의협심義俠心과 정의감正義感에 철두철미徹頭徹尾하셨던
당신當身의 삶이란 애당초부터 시련과 환란의 연속이었고
묘두산猫頭의 부활절復活節은 사명 인수의 순간입니다

하늘이 겪어 오신 고난의 길 혈혈단신孑孑單身 감수하시면서
복귀섭리復歸攝理 모든 역사 탕감蕩減 조건을 세우시기 위해
6천 년간 죄악罪惡의 감옥監獄을 허물기라도 할 것인 양
여섯 번의 영어囹圄를 묵묵히 인내忍耐로써 승리하셨습니다

1944년 10월부터 1945년 2월까지 일제시대 경기도 경찰부에
1945년 10월 당신의 고향 정주定州 곽산 지서에 수감되시고

1946년 8월 16일부터 백 일간 대동보안소에 투옥投獄돼
1948년 흥남감옥소의 노무자로 2년 8개월간 계셨습니다

흥남감옥소에서의 삶이란 아비규환阿鼻叫喚과도 같은 것인데
옥중獄中에서 12명의 제자弟子찾아 세우신 수범垂範의 삶
하늘도 감동하시어 한국전 발발勃發 시 인천상륙작전 통해서
감옥소 폭파됨으로 불가항력不可抗力의 탈출脫出이었습니다

1955년 7월 4일 서대문형무소刑務所 입감하신 후 백 일
10월 14일까지 무죄無罪의 판결判決이 나오고 말았던 것은
통일교統一敎에 대한 기독교의 몰이해沒理解의 결과였었고
음해陰害와 오해誤解란 물거품 같아 석방을 맞이하였습니다

1970년부터 미국에 상륙하시고 본격적인 선교의 불길이 붙을 때
박정희 대통령 시절 박동선 사건과 박보희 선생 연루連累돼
프레이즈의 통일교회에 대한 말살 정책과 탈세脫稅 혐의嫌疑로
84년 7월 20일부터 85년 8월 20일까지 댄버리 수감되시었습니다

2008년 7월 19일 헬기 사건으로 연유해 그동안의 모든 탕감을
실체부활의 역사로 마무리하신다는 것! 일대 전화위복의 계기
참부모님의 참자녀로부터 모든 통일가 식구들의 대오 각성으로
평화 시대의 선구자이신 당신의 성업! 송두리째 이을 것입니다

사람을 다섯 가지로 분류한다면 악인惡人과 범인凡人과 선인善人
자신自身을 초탈超脫한 위인偉人과 성인聖人인 것으로서
4대 성인! 예수, 공자, 무하마드, 석가의 특징은 종교의 창시자
문선명 선생의 생애 업적은 성인을 넘은 성자聖子인 것입니다.

설교 제목 : 평화 시대의 선구자 헬기 비디오 시청
2008년 8월 31일

마르다와 마리아의 선택選擇

흙과 물과 공기는 고체, 액체, 기체를 대표하는 생명체生命體
복중服中은 물, 육계肉界는 흙, 영계는 공기空氣 같은 곳
10개월 100년 1000년이 의미하는 수數의 상징이라는 것은
유한有限과 무한無限의 이승과 저승을 의미하기도 합니다

육신肉身의 삶에서 가장 소중한 것을 공기空氣라고 한다면
사후死後 세계世界인 천상天上에서의 그것은 사랑인 것으로
몸뚱이는 단 5분이라도 숨을 쉬지 아니하면 죽음의 순간 맞고
영혼靈魂이란 사랑이 없으면 영생의 가치를 상실하고 맙니다

예수님 영접한 마르다의 가정에 얽히고설킨 사연은 동상이몽
주님 위해 음식飮食 준비하는 언니와 동생 마리아의 관계엔
본질本質과 현상現像이라는 뚜렷한 가치관이 존재하는 것
마리아는 주님의 말씀 따라 생명生命 길 선택하였습니다

이천 년 전, 실재한 단순한 사건에서 메마른 마르다의 가슴과
심령心靈 갈급한 마리아의 지혜로운 판단判斷으로 연유해
물질적 가치와 정신적 가치의 각기 다른 소중한 면을 알기에
주님의 관심사關心事에 주목注目하는 마음이 구원입니다

인간 삶의 성장과 완성完成에 이르는 과정을 살펴보노라면
유년기幼年期는 모유母乳가 생명生命의 근원根源인 것

소년기란 공부인 교육에 각별히 관심하는 인생의 황금기이며
청년기靑年期엔 입지立志의 때 결혼과 직장이 소중합니다

장년기壯年期엔 경륜과 경제 문제가 심각하게 대두되는 것
인생의 결산일決算日이 점점 다가오고 노년기老年期에는
응분한 사랑의 결실과 물질의 축적이 동시에 이루어지는 것
삶이란 참으로 살 만한 가치가 있는 것이라고 할 수 있습니다

이 세상의 모든 사람들 인생이란 공수래공수거空手來空手去
장구한 역사에 오간 철인哲人과 현인賢人들의 공통 숙제란
인간 시원始原과 목적目的과 종점終點에 관한 수수께끼
무수無數한 목숨들이 초개草芥와 같이 사라지고 말았습니다

한국의 역사에 왔다 간 갑부甲富들 중 이병철과 정주영 회장
그들도 한때는 부귀영화富貴榮華 누렸다고 하지만 급기야는
한 줌의 흙으로 돌아가고 마는 것은 인지당행지도인 까닭으로
있을 때 베풀고 가야 하는 것은 만고불변의 진리眞理입니다

채무자債務者에 있어서 가장 무서운 사람은 채권자債權者
빚지고 산다는 것은 올가미에 갇히는 것과도 같은 까닭으로
천국天國과 지옥의 차이는 이타利他와 이기利己의 마음
준 것은 수면水面에 기록하고 받은 것! 바위에 기록합니다

예수께서 나는 길이요 진리요 생명生命이라고 설파하신 것
정의의 길과 불변의 진리와 영원한 생명을 소망하는 심사란
나무의 뿌리와도 같은 심정心情에서 기인起因하는 까닭에
우리가 가야 할 아늑한 본향本鄕에는 사망死亡이 없습니다.

설교 제목 : 보다 가치 있는 일 누가복음 10장 38~42절
2008년 11월 9일

무자년戊子年의 손익계산서損益計算書

각 사람의 행한 대로 갚아 주신다는 말씀은 인과응보因果應報
하나님은 전체全體, 전권全權 전반全般, 전능全能의 근원
사람이 온 천할 얻고도 제 목숨을 잃으면 아무 소용이 없는 것
한 해 삶의 대차대조표貸借對照表 만들어 봐야 하는 것입니다

대변貸邊과 차변借邊이란 손익계산서損益計算書 헤아리면
진정한 내 스승과 주인과 부모는 자신自身의 양심良心인 것
그것은 선악善惡의 저울대와 같아 심판이란 내가 하는 것으로
천국과 지옥은 하나님과 마귀가 결정하지 않고 스스로 정합니다

인생에 있어서 가장 소중所重한 것! 여섯 가지로 선별해 본다면
처음은 시간時間으로 이것은 돈도 금도 아닌 생명生命 자체
1년은 365일 5시간 48분 46초, 4년 마다 1일이 더 늘어나는데
정해진 생의 종점 향해 인간人間은 날마다 홀로 낡아 갑니다

시간이 모여 엮어진 세월은 쏜살과도 같아 만민의 공통된 자산
고희를 넘긴 칼럼니스트 이상헌 선생은 180여 권 책을 쓴 저술가
산업체 강사, 거성인 그분 지구 13바퀴를 돈 거리 동분서주하면서
동시다체제 비법으로 금쪽같은 시간 선용한 인생의 승리자입니다

둘째로는 재물財物로 돈이라는 것은 삶의 수단이요 방편이련만
인생 최고의 목적으로 착각하는 졸부猝富들이 득실거린다는 것

황금만능주의黃金萬能主義와 배금주의拜金主義가 낳은 불상사
무모無謀한 욕망의 노예가 되는 사람들은 불행의 당사자입니다

셋째는 명예名譽인 것으로 인간의 욕망 가운데 최후에 나타나서
정상頂上에 도달하여 지배자가 되려는 심사로 파렴치한 정치가
연예인에게 두드러지게 부각浮刻되어 나타나는 추태醜態인 것
죄책감罪責感에 빠져 자살自殺하는 사람들도 부지기수입니다

네 번째 건강健康은 인생에 있어 가장 소중한 것이기 때문으로
재물을 잃으면 적은 것을, 명예를 잃으면 많은 것을 상실한 것
이것을 잃으면 만사萬事가 물거품으로 돌아가고 마는 것이기에
정신精神과 육체肉體의 조화는 삶의 시금석이며 활력소입니다

다섯째는 인심人心으로 사람과 사람의 관계에서 얻어지는 신뢰감
타락은 금단禁斷의 선악과善惡果를 따 먹은 언약言約의 위반
불신不信과 불륜不倫과 불의不義의 늪에서 헤어나야 하는 것
풍만豊滿과 충만充滿과 원만圓滿은 행복幸福의 핵심입니다

여섯째는 천심天心대로 살아가는 것인데 하늘은 스스로 돕는 자와
진인사대천명盡人事待天命에 따르는 자가 천운天運을 입은 귀인
떨어지는 물방울이 바윌 뚫는 것은 초지일관初志一貫의 인내인 것
박보희 총재의 육군사관학교 입학시험에 얽힌 사연은 감동적입니다

사당훈독교회가 2007년 3월 20일 지하실에서 7명으로 발족을 하여
청설회, 포도나무휠 기반해 시민평화대학에서 평화교육문화센터
괄목刮目할 만한 실적을 쌓은 것은 목회자의 정성과 지성과 극성이
하늘의 천운天運과 참사랑의 초점焦點을 맞췄기 때문인 것입니다.

설교 제목 : 잃은 것과 얻은 것 마태복음 16장 25~27절
2008년 12월 28일

기쁨의 신앙信仰

이 세상에 존재하는 모든 것은 누군가로부터 주어진 결과물이기에
태초太初로부터 자존自存하시는 그분은 만유萬有의 원인자로
우주의 법칙法則과 법도法度와 질서秩序의 근원자根源者이시며
참사랑의 태양太陽이라는 불덩이! 만고불변萬古不變의 핵입니다

거구巨軀의 매제妹弟가 쓰러진 병동病棟을 문병問病한 후에
뇌腦의 손상損傷으로 거동擧動에 제약制約받는 그 상황에서
인간의 나약懦弱함과 한 치 앞을 볼 수 없는 예측豫測 불허不許
사람들이 갖는 한계상황限界狀況으로 신앙의 위대함 바라봅니다

하루 꼬박 6만 원의 보수에도 남편보다 더 짙은 사랑의 정성精誠에
대소변大小便도 마다하지 않고 자식을 돌보듯 간병看病하시는
‘샬롬 간병인’의 모습에서 살아있는 하나님의 모습을 본다는 것은
부모父母의 심정心情이란 이런 것을 두고 이르는 것인가 봅니다

초창기草創期 보릿고개 그 시절 말씀 듣고 감동하였던 초심初心
세파世波에 시달려 온데간데없어지고 물에 물 탄 듯 술에 술 탄 듯
차지도 덥지도 않다면 우리는 또다시 자가발전自家發電이 필요해
최후의 승리란 풀코스를 완주完走한 피땀과 눈물의 결정체입니다

참아버님의 자서전自敍傳 탐독耽讀으로 우리가 자각해야 할 것은
아무 죄도 없는 당신께서 6번의 옥고獄苦 통해서 피를 토吐하시고

고생苦生의 백과사전百科辭典 되시었나니 오늘날 우리가 당하는
고난과 역경이란 사막의 모래알보다 더 작은 것임을 깨닫게 합니다

신앙의 구극究極의 목적은 기쁨에 있지만 타락의 부산물副産物로
슬픔과 고통에 빠져 죄악罪惡의 구렁텅이로부터 벗어나는 그 길은
불신不信을 신뢰信賴로 탈바꿈하기 위한 스스로의 확신이 필요해
메시아는 인류의 죄악罪惡 보따리 홀로 지고 가는 어린 양입니다

하나님께서 그 지으신 모든 것! 보시니 보시기에 심甚히 좋았더라
빛과 어둠으로부터 창조해 마지막 인간에 이르기까지 바라신 소망은
인간은 당신의 자녀子女이며, 당신은 인간의 부모父母시기 때문에
우주의 법칙 중 법칙은 당신을 닮은 부자父子의 인연因緣입니다

좋다는 말 기쁨을 전제로 한 것이며 그것은 주체主體가 자길 닮은
대상對象을 통해 상대적으로 느끼는 타각他覺의 감성感性인 것
부전자전父傳子傳은 인륜人倫과 천륜天倫 아우르는 징검다리로
이승과 저승, 하늘과 땅, 순간과 영원! 매개媒介하는 연결 고립니다

때로는 야누스의 인간으로부터 속셀俗世 등지고 싶기도 하련마는
당신께서 흑석동 성지서 눈물이 실개천 이룬 통곡의 시절 회상하면
고통苦痛 속에 자리한 기쁨으로 극極과 극은 한 지점서 만나는 것
힘들수록 하나님께 기도할 수 없으신 당신 효심孝心에 감격합니다

기쁨의 정상에 이르는 길! 먼저 나 자신自身의 맘과 몸이 평화롭고
나의 아벨 만나 허심탄회虛心坦懷하게 사랑의 대화對話를 나눠서
새로운 변화로 은혜의 샘 만들어 자연과 만물을 사랑함으로 인하여
호산好山, 호서好書, 호인好人에 호연지기浩然之氣하는 길입니다.

설교 제목 : 기쁨을 창조하는 신앙 창세기 1장 29~31절
2009년 4월 12일

쌍방통행의 인간관계人間關係

자신의 눈 속에 들보는 보지 못하고 형제의 눈 속에 티를 본다면
외식하는 바리새인과 같다고 볼 수 있는 까닭으로 비판이란 것은
내게 돌아오는 부메랑과 같은 것이기 때문에 자업자득自業自得!
핍박逼迫과 시련試鍊이 때로는 영광의 불쏘시개와도 같습니다

인간人間이란 말 남자와 여자의 사이, 마음과 몸과의 관계인 것
심신일체心身一體는 인격자人格者의 기본 속성인 것이기 때문에
수신제가치국평천하修身齊家治國平天下에 이르는 시금석 같아서
사람이라고 다 사람이 아니고 사람이 사람다워야 사람인 것입니다

사람다운 사람은 인간관계가 원만圓滿하여 인간 구실과 그 노릇
매끄럽게 다듬고 가꾸는 삶의 매너며 지혜知慧인 것이기 때문에
우리는 평소 생활 가운데 잔칫집보다는 초상집에 더 관심함으로
의식意識과 신뢰信賴의 공감대 형성形成될 수 있는 것입니다

인생의 승패가 좌우되는 인간관계에 있어서 일방통행一方通行은
독단獨斷과 독선獨善에 이르고 쌍방통행雙方通行은 합목적성
인생의 만남에서 부모와의 만남은 숙명宿命, 부부는 운명運命!
부자의 만남도 숙명인 것은 피 중의 피, 뼈 중의 뼈이기 때문입니다

세상에 우연偶然이란 없는 것, 너와 나의 만남은 필연必然인 것
정자精子와 난자卵子의 만남에서 태란胎卵으로 연유緣由하여

146

누구나 다 10개월의 일정一定한 태내胎內에서의 삶은 공평하고
가장 부자富者란 말은 부자父子의 관계 돈독하다는 의미입니다

성공成功에 이르는 인간관계에서 미국의 교육자 카네기는 이르기를
첫째가 '절대 타인他人을 비판批判하지 말라.'는 언급을 하였고
말이란 그 사람의 내면의 자아가 외부로 표출表出한 것이기 때문에
비판은 다른 비판 낳게 하는 부정否定의 사고방식思考方式입니다

서울대학 행정대학원 동우회 부부 모임에 참석한 10쌍의 엘리트들이
일본의 국가 지도자 세미나에 참석을 한 후에 지속적인 만남을 통하여
장기간 목이 곧아 깁스를 하였지만 목사님 사모의 노래 가락 따라
허물어져 버린 자존심自尊心에 교만의 우상이 와르르 무너졌습니다

둘째는 '칭찬稱讚은 무쇠도 녹인다는 것'으로 상대의 무한한 능력
그것은 보이지 아니하는 그의 가능성을 끄집어내는 광부와도 같아서
깊고 깊은 지하地下에 자리하는 광맥鑛脈을 찾아내는 고도의 기술
돌고래 쇼를 진행進行하는 사육사의 묘기妙技와도 같은 것입니다

셋째는 '상대방相對方의 입장을 생각하라.'는 것으로 나의 주장보다
대상對象의 처지處地에서 헤아리는 역지사지易地思之의 사고방식
농부農夫를 만나면 농사農事일에 경청傾聽하는 집념이 필요하고
축산업畜産業 운영자를 만나면 가축家畜에 해박該博해야 합니다

넷째는 '한 번 맺은 인연因緣 소중히 여기라.'는 것으로 인내가 필요
총알이 빗발쳤던 한국동란 때도 거구의 박정화 대대장을 대동하고서
김원필 선생과 사지의 용매도 갯벌을 도하하셨다는 그 필사의 사랑은
인내와 평화와 실행實行의 3P로 Patience, Peace, Practice입니다.

설교 제목 : 인간관계 마태복음 7장 1~5절
2009년 4월 19일

사랑의 무덤

성경 66권의 핵심어인 사랑이라는 말은 가장 아름답고 고귀한 언어
믿음과 소망所望과 사랑 중에 제일第一은 사랑인 것임과 동시에
길과 믿음, 진리와 소망, 생명과 사랑은 일란성一卵性 쌍둥이인 것
아무리 멋진 미사여구美辭麗句라 하여도 이에 미칠 수는 없습니다

참아버님 자서전 가운데 '사랑의 무덤을 남기고 가야 한다.' 는 말씀
무덤을 요람搖籃으로 만드는 비결은 사랑의 헌신으로만 가능한 것
어머님 뱃속에서의 작별은 이승에서 출생이며 영계 이르는 영생 길
타계他界라는 말은 환경環境과 질량質量 달리한다는 말입니다

70년대 금산교역장이셨던 송영석 목사의 설교 예화 가운데에 깃든
돌아가신 고인故人에 대한 비문碑文의 내용 '먹다 죽었다.' 한 말
불기佛紀 2553년에 되새겨 보는 것, 잘 먹는 것보다 더 중요한 건
사람으로 태어나 사람답게 값진 인생人生 살아가야 하는 것입니다

마케도니아의 알렉산드리아 대왕 그리스, 페르시아, 인도까지 점령해
대제국 건설하였고 아라비아 반도 출병 시에 33세 나이로 사망한
당대의 위인이었지만 무덤 지을 때 손 하나를 밖으로 내놓으란 말
그것은 인생, 공수래공수거空手來空手去란 것을 자증한 셈입니다

아무리 위대한 사람일지라도 지상 사는 기간 길어야 한 백년百年!
평균수명平均壽命 80년이라 해도 잠자는 시간이 삼분의 일이라면

결혼식 가고 상갓집에 가고 병들어 누워 있는 등등의 시간을 제하면
나를 위해 살았다고 할 수 있는 시간은 고작 7년뿐이라는 것입니다

인생은 고무줄과도 같아 누구에게나 똑같이 주어진 7년이라는 시간
혹잔或者 7일만큼 쓰고 어떤 이는 70년만큼 가치 있게 살기도 해
행복幸福의 기준은 사랑의 실천 빈도와 정비례한다고 볼 수가 있어
죄짓지 않고 양심良心대로 사는 자! 그가 진정한 천국 주인입니다

일평생 두세 시간만 주무시는 참아버님의 삶은 초인超人의 경지
사랑의 원자탄 가슴에 지닌 용광로鎔鑛爐와도 같은 그 열정의 삶!
그것은 섭리에 미치신 진정한 효심孝心과 효도孝道와 효성孝誠
삼효三孝의 삼위일체三位一體와 사위기대, 창조 목적 완성입니다

생존경쟁生存競爭의 고해를 건너며 평생 모은 재산이나 부귀富貴
세상 떠나면 하나도 가지고 갈 수 없는 까닭으로 죽음의 강 건널 때
명예나 권세는 한갓 쓸모없는 삶의 찌꺼기에 불과해 아무 의미 없어
생의 마지막 무덤 속 남는 것은 상대를 위해 살아온 참사랑뿐입니다

부정不正 축재蓄財가 패가망신敗家亡身 부른다던 노무현 대통령은
온 국민 앞에 면목面目 없단 말 한마디로 면죄부免罪符인 것인 양
권모술수權謀術數의 대명사와도 같은 정치권政治圈 비아냥거리면
이것은 국부國父 되었던 지난날 명옐名譽 욕되게 하는 것입니다

물질만이 사랑의 표시가 아닌 까닭에 강 모 회장께서는 빈 봉투째로
대소사大小事 참여한 경험담經驗談 있다는 것은 기발한 용기인데
이심전심以心傳心에 사랑의 집 만들기도 하시는 하건철 선생처럼
작은 정성 나누는 것! '베풀다 영생했다.' 는 비문碑文과도 같습니다.

설교 제목 : 사랑의 무덤을 남기자 고린도전서 13장 1~3절

2009년 5월 10일

영원永遠한 만남

은혜恩惠와 긍휼矜恤과 평강平康이 하나님 아버지와 그의 아들
예수 그리스도께로부터 진리眞理와 사랑 가운데서 함께 있으리니
무형의 실존實存이시요 당신의 몸 되신 독생자獨生子의 영광으로
영생永生이라는 것! 육신의 호흡이 아닌 참사랑의 실천인 것입니다

어제는 고교생高校生이었을 때 입교하신 조만웅 교구장께서 목회
46년 퇴임식을 하였고 강산이 네 번 반이나 변해 충남忠南 부여서
출생한 이후 줄곧 목자牧者로서 당찬 삶을 살아오셨음에 감동하고
새로 부임한 백영국 강남 교구장의 장도를 위해 마음을 모았습니다

평탄치만은 아니한 인생의 노정에서 만남과 이별은 필연인 것으로
만나면 기쁘고 헤어지면 슬픈 까닭은 수수授受 작용作用의 결과로서
한 개인의 첫 만남은 무형의 영적인 하나님의 뜻에 따른 부모父母!
그분의 정자精子와 난자卵子로부터 연유緣由한 것이라고 봅니다

우주宇宙를 주고도 바꿀 수가 없는 한 생명의 고고高高한 함성은
울음의 소리가 아닌 환희歡喜와 기쁨의 탄성歎聲과도 같은 것인데
어머니는 사랑의 모체母體이며 본체요 생명의 요체要諦이며 실체
모성애母性愛란 자신自身의 일부一部를 자녀에게 주는 행윕니다

부모와의 만남, 형제자매의 만남, 스승과의 만남, 남편과 아내의 만남
이웃과의 만남, 어느 것 하나도 영원한 만남이라고는 볼 수가 없는 것

언젠간 반드시 헤어져야 하는 운명運命인 까닭에 회자정리會者定離
노무현 대통령의 죽음에는 생사불이生死不二의 뜻이 담겨 있습니다

삶과 죽음은 자연의 한 조각이라며 누구도 원망하지 말라 하신 것과
슬퍼하지 말고 화장火葬해 작은 비석碑石 하나 남겨 달라고 한 것
권위주의 철폐, 지역 구도 타파, 국민이 대통령이라 몸 낮춰 겸손하고
불의에는 분노하고 정의엔 정열로 기꺼이 투신으로 항변하였습니다

불교의 4성제 8정도 거쳐 성불成佛 이르기까지 인생의 8가지 괴롬
생로병사生老病死와 구불득고求不得苦, 애별리고愛別離苦에 따른
원증회고怨憎會苦와 오온성고五蘊盛苦도 있어 인생고해라고 해도
백팔번뇌百八煩惱 해탈解脫 향한 추모追慕의 행렬 뜨거웠습니다

김찬호 목사님께서 맹장 수술 받으실 때 간호사의 부축에 큰소리로
죽겠다 외치신 함성에 재기再起의 넋으로 삶과 죽음 넘나들었던
그 순간瞬間! 영원永遠으로 화化할 뻔하였지만 하나님 손길로
공간적 이별 극복하여 심정적心情的 이별離別로 승리하셨습니다

나를 사랑하는 자 사랑하는 것보다 무해무덕의 사람 사랑하는 것이
이것보다 원수 사랑하는 것이 더 숭고崇高한 하나님의 뜻이온데
태양이 선인善人과 악인惡人 구분하지 아니하듯 사람다운 사람은
편견偏見과 편애偏愛 고정관념固定觀念에서 자유로운 자입니다

인간 육신肉身 유한有限의 삶으로 공간과 시간 초월할 수 없지만
속사람 영혼靈魂은 무한無限의 것으로 시공時空 벗어날 수 있어
썩어 없어질 육체 흙으로 돌아가고 만세萬世에 빛날 영인체靈人體
참사랑과 진리眞理 따라 영생불멸永生不滅한다는 것은 원리입니다.

설교 제목 : 영원한 만남 요한1서 1~3절

2009년 6월 7일

제3부

강·남·간 제·비·의 귀·향

백수白壽 천수天壽 누리시옵소서!
― 천지인 참부모님 구순에 부치는 글

천 길 벼랑 끝 홀로 서셨던 곡절曲切의 노정路程
하늘만 아시는 고독단신孤獨單身 통한痛恨의 삶
풍운風雲의 벗이 되시어 숨 가쁜 길 자초하신 임
돌아보면 통곡할 애간장 타는 세월歲月이었습니다

탕감복귀蕩減復歸 역사의 뒤안길 홀로 누비시오며
만길 해저海底 자맥自脈으로 찾으신 근본 원린데
하나님도 외면外面하신 사경의 길 만난 이기시고
백척간두百尺竿頭에서 외골수로 승리하시었습니다

아, 아, 하늘이여! 땅이여! 온 누리의 백성百姓이여!
애끊는 임의 가슴속엔 귀향歸鄕을 애타게 그리는
뻐꾸기와 두견새 애절哀切한 사연事緣 깃들었고
사망死亡한 생명 찾는 몸부림의 연속이었습니다

진달래꽃 만산에 수놓인 소월의 고향 정주定州는
곽산면과 덕언면 길동무 되어 상사리로 가던 길인데
묘두산猫頭山의 부활절復活節 아침에 인계받으신
하늘 성업聖業을 한순간도 잊으신 적 없으십니다

오매불망寤寐不忘 하나님의 해방 위해 진력해 오신
분단된 조국의 탯줄 아래 두 손 모둔 그 염원念願은

당신의 원한怨恨의 눈물 천일염天日鹽보다도 짜
그 어떠한 부패腐敗라도 얼씬거릴 수가 없었습니다

인간 능력으로는 불가不可한 파란만장의 섭리역사!
당신께서 완승完勝하신 괄목刮目할 성업聖業들
카인과 아벨로 맺어진 실타래 같은 희비의 천로역정
창조, 타락, 복귀의 비밀을 완벽하게 해결하셨습니다

기독교 역사의 결실로 오신 예수 그리스도의 생애란
요셉과 마리아, 세례 요한의 삼각관계란 타락의 경로
무엇이든지 땅에서 매면 하늘에서도 매인다고 하셨던
지상의 베드로에게 준 천국 문의 비밀秘密 푸셨습니다

천일국의 핵심으로 세워 주신 만능의 열쇠인 참사랑은
생명과 행복의 원천이며 삶의 활력소며 청량제인 것
참가정의 화목은 지상천국과 천상천국의 교두보인 것
무형無形의 실체 당신께서 현현하시는 지성소입니다

하나님 실체 이름으로 승리하신 문선명 총재님이시여!
2009년 양력 1월 15일 만왕의 왕 하나님 해방 즉위식
20013년 1월 13일! 그 조국 광복 성취의 정상을 향해
하루를 천년같이 순간을 금쪽같이 살아가게 하소서!

백수白壽로 가는 구순九旬 맞이하신 천지인 부모님!
십자가의 영적 부활이 아닌 헬기 실체 부활로 승리하신
기적 중에 기적 낳으신 하나님께 영광榮光 돌리시고
백수白壽를 거뜬히 넘으시어 영생永生을 향하소서!

2009년 음력 1월 6일(양력 1월 31일)

평화平和의 전당殿堂이 되소서!
 ― 사단법인 평화교육문화센터 창설을 축하하며

카인의 살인이 부른 비절 참절한 역사를 들추노라면
불신不信의 그림자인 암흑暗黑의 무지가 도사리고
피와 땀과 눈물로 얼룩진 탕감복귀 섭리 헤아리노라면
선지피로 범벅된 파란만장한 세월歲月도 통곡합니다

건너지 못할 죽음의 협곡 필사적으로 종단縱斷하고
불굴不屈의 투지鬪志와 용기勇氣로 일관해 오신
당신의 불사조不死鳥 정신을 오롯이 상속받기 위해
척박瘠薄한 불모不毛의 땅을 쟁기로 갈아엎습니다

동방의 등불로 우뚝 설 삼천리 반도 세계만방의 성지
무진년 24회 올림픽 성화聖火의 불길이 타올랐던 곳
대한민국 수도 서울 동작동 현충顯忠의 호국 영령들
평화왕국 창건에 앞장서서 자유의 깃발로 나부낍니다

실개천이 시냇물로, 강물이 대해大海를 향해 흐르고
격랑 파도 헤치며 소망 찬 희망봉 등산하는 심정으로
시원始原의 청설淸雪과 포도나무의 치렁한 넝쿨이
하늘과 땅과 바다를 아우르며 교향곡을 연주합니다

백두산白頭山과 한라산이 정겹게 포옹抱擁을 하고
관악산冠岳山이 삼각산, 북한산, 도봉산도 거느리며

감미로운 자유自由와 행복과 통일統一 노래하면서
세계인이 모여 올 인류의 고향故鄕을 만들어 갑니다

2008년 10월 10일에 사단법인 평화교육문화센터가
그 첫발을 내딛는 해산의 순간을 맞이하는 이날은
이상향理想鄕을 만들어 가는 귀일歸一의 날이리니
사육飼育 아닌 인격자 완성 참교육의 문이 열립니다

사당동이라는 말은 '사랑하는 당신을 모신 동네'로
죽음은 또 다른 부활의 영생에 이르는 관문이기도 해
지옥의 흑암黑暗을 광명光明의 낙원 되게 하리니
산모産母의 정성精誠으로 생명을 잉태케 하소서!

천도天道의 철칙鐵則은 인과응보因果應報인 것
너와 나 우리들의 인연이란 필연必然의 만남인 것
역사를 섭렵涉獵하시는 조물주께서 이곳에 오시어
무지無知의 경계선境界線을 허물어트리게 하소서!

잘난 사람보다 사람 된 사람 우대優待받고 존경할
그 정의롭고 공평한 지고至高 지선至善의 세상이
여기 모인 구국救國의 선각자先覺者들로 하여금
흙탕물 변하여 생명수生命水로 펑펑 샘솟게 하소서!

종교宗敎와 과학科學과 예술藝術이 조활 이루는
진선미眞善美의 돛단배가 순풍順風에 노를 저어
환희歡喜의 찬가讚歌를 부르며 동트는 새 아침에
벅찬 가슴으로 평화平和의 종鐘을 울리게 하소서!

2008년 11월 11일 대한민국의 수도 서울에서

청파동 지킴이 김영휘 회장님!
— 회장님의 산수연傘壽宴에 부쳐

망망대해茫茫大海의 일엽편주一葉片舟와 같았던 청파 시절
1955년 4월 20일은 금빛의 영광이 휘날리는 태초太初의 날
삭풍의 혹한일수록 더욱 더 감미甘味론 화향花香의 꿈결
뒤돌아보면 쓰린 파란만장波瀾萬丈한 비장의 길이었습니다

1953년 5월 1일 하늘로부터 구원救援의 탯줄이 내려왔고
천지인 참부모님께서 복귀 섭리의 기둥으로 세 분 세우셨나니
유효원 협회장님, 김원필 회장님, 김영휘 협회장님으로
인류 구원의 조상祖上인 36가정의 중심인물로 세우셨습니다

오순절 마가의 다락방 역사가 있었던 곳 청파동 신령 역사는
이성을 지닌 사람들은 도저히 이해할 수 없었던 심정 공동체
이상의 별이 초롱초롱 빛나기도 하고 우주가 들락날락하여
이승과 저승을 오가는 괴이怪異한 집단이라 칭하였습니다

동족상잔同族相殘의 잿더미 위에서 피어난 노란 새싹들이
춘궁기를 견디지 못하고 시들어 버리는 가슴 아린 세월인데
초창기 개척의 시절은 먹는 날보다 굶는 날이 더 많았고
스스로를 자책하고 탕감蕩減하는 천로역정의 길이었습니다

혼미하고 방황하던 때 김영휘 회장님은 서울대를 졸업하여
세상의 모든 명예와 영화榮華의 유혹誘惑을 다 물리치시고

복귀의 전선戰線에 몰입沒入하시어 하늘의 수족이 되시니
통일가의 사표師表가 되시고도 남음이 있다고 하겠습니다

지금 세계평화통일가정연합 전신이었던 통일교 협회장으로
2대, 4대, 6대에 걸쳐서 리더십을 발휘하셨던 지난날의 생애
혹자는 푸른 별 하나 더 따려고 물과 불을 가리지 않았다지만
현재의 영국 국가메시아이신 회장님은 태산 같은 분이십니다

당신의 명령에 순종하여 세상 직장과 진학進學의 꿈을 접고
응급결에 달려온 목회자들의 실력 향상과 양식을 공급하시려
긴 밤 홀로 골몰汨沒하신 때가 엊그제같이 선명鮮明한데
자상하신 어버이 심정心情은 당신을 두고 이르는 말입니다

제 아무리 거창한 태풍이 불어와도 꿈적 않았던 옹고집들이
당신의 섬세한 사랑과 정성 앞에 와르르 무너지고 마는 것은
탈선脫線의 외도外道에는 철렁거리는 양심의 통증 있기에
참사랑과 참생명과 참혈통은 천륜天倫의 핵심核心입니다

가슴 벌렁거리도록 그리웠던 시절時節! 초심으로 돌아가고파
어둠을 삼키는 태양太陽의 발광發光으로 이글거려야 하나니
심정深井의 우물이신 회장님은 통일가의 원천源泉이 되시어
갈급한 심령 위에 사막沙漠의 오아시스로 발원發源하소서!

복귀 섭리의 과정에 더러는 교활하고 오만한 사람들이 앞장서
맑은 물을 흐리게 할지라도 샘물은 시종始終이 여일如一해
원리의 모델이신 회장님은 진실眞實한 파수꾼의 대부大父로
후천시대後天時代에 평화왕국 건설의 등댓불이 되어 주소서!

2008년 8월 16일

말씀의 화신이옵니다
— 이요한 목사님 구순에 부쳐

예나 지금이나 초지일관된 심정으로
내면적 자아의 주관뿐만 아니오라
외형으로 풍기시는 여일하신 그 모습
진리의 불덩어리가 되시는 목사님의
그 한결같으신 비결 과연 무엇입니까

감히 상상의 나래를 펼쳐 보노라면
지난밤 꿈결에서 뵙게 된 그 미소가
하나님의 원적에 그래도 계신 까닭에
말씀, 화신체로 살아가시는 것이온데
삶이란 영원으로 향하는 통로입니다

참부모님과 생사고락을 늘 같이 하신
민족의 운명과도 같은 파란의 세월들
뼛골에 스민 애틋한 사랑의 보석인 양
시간이 흐를수록 진한 향기가 되어서
섭리사의 열매 영글어 가는 것입니다

한번 생명 말씀 봇물이 터지기만 하면
온갖 흙탕물 찌꺼기 오롯이 사라지고
금시 청량한 생명수가 펑펑펑 치솟아
답답하고 안타깝던 캄캄한 심령들이

우후죽순처럼 청청해지는 것입니다

타성에 찌들어 살아가는 몰골들이란
환경과 조건의 모양인 조형물들인데
항시 목사님은 이것들의 주관자이셔
말씀의 사자후가 되시는 그 말씀에서
단비, 천 길 폭포수로 쏟아져 내립니다

메마른 대지에 내리는 감미론 생명수
갈증으로 속 타는 허한 심령 일깨우는
그 날선 감동들이 은혜로 넘쳐 나서
시간을 망각케 하시는 은총의 순간들
목사님, 말씀에는 그리움이 있습니다

초창기 참부모님과 이마, 맞대고 사신
범냇골의 아련한 숨결, 시나브로 일고
하늘의 섭리 역사와 더불어 산증인이신
목사님 간직하신 그 사연과 천연으로
평화왕국의 확연한 사표가 되시옵소서!

백수를 향하여 가뿐하게 순항하시려는
이요한 목사님의 장도를 기원하고자

경향 각지에서 모여 온 불충한 제자들이
가슴 절절하게 바라는 유일한 소망으로
후천시대 흑암 밝히는 등댓불 되소서!

2006년 10월 25일 서울 메리어트에서

자랑스러운 한국인韓國人
 ― 박보희 총재님 산수연에 부치는 글

대한민국 충청남도 아산시 도고가 고향이신 박보희 총재님!
당신이 걸어오신 삶의 굽이 길은 파란만장한 통한의 천로역정
기구한 한민족 역사와 더불어 맥脈을 같이한 운명의 주인공
당신께서 겪은 하늘의 곡절 가슴속에 품고 살아오셨습니다

옥동자玉童子 탄생에 따르는 산모産母의 해산의 고통으로
어느 한 날 긴장과 전율이 없지 아니하였던 지난날의 주마등이
팔순八旬을 맞은 이날에 또렷하게 반추되고 회자되는 까닭은
영광과 축복이란 고난과 역경에 비례하여 나타나기 때문입니다

이차대전의 부산물로 나타난 조국의 분단에 따른 6.25 한국전
당신은 육군 사관생도가 된 지 수개월 만에 격전지의 소대장으로
파죽지세破竹之勢의 사지死地로 돌격하지 않을 수 없었고
전후 고급영관학교를 거쳐 육군 중령으로 예편을 하시었습니다

당신이 국가를 위해 세우신 공적으로 화랑무궁훈장 2갤 비롯해
국민훈장 동백장 수상하시고 세계 평화 위해 기여한 혁혁한 공로
중남미 통합기구 십자대훈장과 아르헨티나 라프라타 가톨릭대학
명예 철학박사 학위도 받으시며 조국의 명예를 만방에 떨쳤습니다

1957년 김영운 선교사의 인도로 입교하시어 36가정 축복받아
1965년 세계 선교사로 도미해 한국문화재단 창설하시기도 했고

자유아시아방송과 리틀엔젤스 세계 공연 미국의 반향 일으키어
공허한 도시와도 같은 미국의 영혼을 마구 흔들어 깨우셨습니다

1972년 미국의 50개 주서 실시한 희망의 날 강연회의 통역관은
참부모님 보좌관으로서 최대의 잊을 수 없는 혼신으로 진력하신
입으로 말하지 아니하시고 하나님의 입술과 성령으로 충만하셨던
일생일대의 분수령分水嶺이며 복귀섭리사의 원자탄이었습니다

1978년 코리아게이트와 연루해 미국의 진보파 세력과 대결하여서
미 하원 프레이저 위원장과 대결한 한판 승부는 통쾌한 대승이었고
한민족의 위상과 자부심을 하늘 높이 격상시킨 애국의 산증인이며
82년 초대 워싱턴타임스사 사장으로서 오피니언 메이커이셨습니다

1994년 김일성 주석의 사망 시에 세계일보 사장으로 재직하실 때
조문 사절에 얽힌 무수한 사연과 배경에는 공작 정치의 단면도 있어
문선명 목사, 김일성 서기장과의 단독 회담으로 따낸 금강산 개발 건
고르바초프, 문선명 총재의 한남동 방문은 에서와 야곱 노정입니다

인간의 안목으로는 도저히 해량海量할 수 없는 천륜의 뜻이 있어
흑암과 광명이 공존할 수 없는 이치와 같은 것이기도 하기 때문에
순진무구純眞無垢해 사람 믿는 까닭에 한땐 영어의 몸이기도 하셨지만

스베덴보리의 지옥에서 천국을 찾으신 천상의 증언이기도 하십니다

고고한 백학白鶴의 기상과도 같아서 당신의 일평생 쏟으신 열정은
항상 겸손謙遜의 모델이 되시고 사랑의 메신저로 자리매김하시길
여기 모인 통일의 무리들이 간절하게 소망하고 있다는 그 자체로도
이미 당신은 영생을 향하시는 불사조가 될 것을 빌어 송축하옵니다.

2010년 8월 18일

초심初心의 청춘靑春으로 사소서!
— 윤영태 회장님 칠순에 부쳐

사람들이 흔히 매너리즘에 빠지고 마는 까닭이라는 것은
초심을 상실함으로 인하여 타성에 물들기 때문이기도 해
파란波瀾의 세월 여과하며 살아오신 당신의 생애生涯
곡절曲折 많은 뜻 길 천로역정天路歷程의 선구잡니다

문선명 선생님 말씀에 감동되어 1960년 8월의 초하루에
카인의 영역에서 아벨의 권역으로 이주하심으로 연유하여
아슬아슬한 겨레의 운명과도 같은 하늘의 밀사密使 되어
혁혁하신 공적功績 쌓아 나오신 것! 한 폭의 영화입니다

명작名作이라는 것은 주연배우主演俳優가 소중한 것
명화名畵가 되기 위해서 스릴과 모험 필요必要하기에
당신이 걸어오신 복귀의 그 길에는 한恨으로 점철되었고
피와 땀과 눈물이 범벅을 이룬 혈루血淚기도 하였습니다

1960년 12월 25일 크리스마스에 시작한 제5회 협회수련회
1961년의 2월 2일에 끝냄과 동시에 개척 구역장으로부터
교회장, 교역장, 교구장과 르완다 국가메시아에 이르기까지
지구성 오가는 노정路程에 무수한 사연도 산적하였습니다

포항교역장에서 울진·상주교역장 시절에 430가정 축복과
당진·서천 거쳐 울산교역장 9년간 재직 시의 3연패連覇

그 업적으로 충북교구장으로 승진 양천 · 경북 · 부산교구장과
영남학사교구장과 울산 · 경남 · 부산의 회장 역임하셨습니다

1996년에는 르완다 국가메시아로 발령을 받으시고 현지에
교육기관을 설립하여 21세기 페스탈로치로 급부상하시었고
전쟁터와 같은 일선 목회 가운데서 수확하신 1남 3녀의 결실
당신의 생생한 모습을 그대로 닮은 아름다운 보물이십니다

송영순 여사 품에서 태어난 인환, 순미, 진이, 진영 1남 3녀
상아탑象牙塔의 중심인 선문대학 졸업 후 2세 축복을 받고
금쪽같은 손자 손녀의 재롱을 바라보시면서 황혼을 맞이하신
윤영태 회장님의 일생은 여한餘恨이 없는 행복인 것입니다

정의 앞에는 면양綿羊 같고 불의 앞에는 산양山羊 같은
고귀高貴한 삶에서 묻어 나오는 당신의 심향心香 가운데
하늘의 긍휼矜恤이 임재하셨다는 여러 가지 증거가
심정문화세계 창건創建에 초석礎石될 것으로 믿습니다

행운幸運의 칠순七旬을 맞이하신 당신의 오늘 있기까지
애오라지 외길로 초지일관初志一貫할 수 있었던 천연들을
가슴 깊게 아로새기시며 후배後排들의 본보기가 되시리니
바위처럼 묵직하고 태산泰山 같은 평화왕국 대들보 되소서!

김병호 회장님께서 내미신 첫 손길 그 마음이 초심이리니
본향本鄕이 가까울수록 더욱 청청靑靑한 본성本性 지녀
육신의 늙음과 영혼의 청순淸純함이 반비례反比例하리니
학鶴처럼 고결高潔하고 백합百合같이 향기롭게 사소서!

2008년 음력 10월 1일

장미와 백합의 향기香氣
— 김진문 회장·박 귀옥 여사님 고희에

생화와 조화의 차이를 말하라고 하면
벌과 나비의 향방을 따라 알 수 있듯
산양과 면양은 순종과 불순종의 차이
화향花香이란 벌들의 활력소입니다

김진문 선생과 박귀옥 여사를 보면
심심산골에 피어난 향긋한 꽃과 같아
가까이하면 할수록 인향이 묻어나서
마음속에서부터 그리움이 피어납니다

김씨와 박씨 가문 조상으로 태어나
사랑의 결실로 풍성하게 열매를 맺고
인수와 인일이 그리고 순정과 순민은
인과 순결 최고의 보물과도 같습니다

천일 국화로 활짝 핀 그윽한 그 향기
붉은 장미와 순결한 백합의 어울림은
인륜과 천륜의 조화로운 결합이온데
21세기 선교 역사 주춧돌을 쌓았습니다

당신의 뼈 중의 뼈요 살 중의 살이신
아들과 딸들의 효심으로 고희를 맞은

당신의 삶, 온전하고 아름다웠기에
두 분은 하늘의 눈동자요 효자입니다

후천시대 참부모님의 명령을 받들어
일평생 절대 신앙, 절대 사랑, 절대 복종
초지일관한 불변의 심정으로 살아온
귀한 천로역정 뜨거운 박술 보냅니다

천주평화 천정궁의 천운天運과 함께
더불어 살아 나오신 추억을 곱씹으며
채우려는 욕망의 단봇짐 훌훌 벗고는
풍요로움으로 살아가시길 기원합니다

행복의 크기란 샘할 수 없는 것이기에
주면 줄수록 더욱 아름다움의 소유자
기쁨은 상대로 연유하는 황홀경의 빛
참사랑은 보람과 만족의 쌍둥입니다

진문이란 존함 그대로 진실 문 되시고
지옥의 밑창을 헐고 천국 문 여시면서
자유와 평화와 행복의 파수꾼 되시어
하늘과 땅을 아우르는 가교가 되소서!

귀옥이란 성함 그대로 귀하신 옥구슬
밤하늘의 초롱초롱한 은하수 별빛으로
천만년 양친 부모님 알뜰히 모셔 놓고
팔순 구순 백수까지 평화 강녕하소서!

2007년 음력 10월 23일 · 2월 25일

대한의 얼 유관순 열사여!
— 제8회 유관순 열사 정신 선양 충남대회에 부치는 글

1905년 을사년 을씨년스러운 그날의 처참함과
1910년 경술국치일 한일합방의 통탄스러움은
겨레의 가슴에 쌓인 응어리진 원한으로 폭발하여
대한 독립 만세의 물꼬가 트이기 시작하였습니다

풍전등화 같은 내 조국의 위태로운 운명을 보고
당신은 열여섯 꽃다운 청춘 깡그리 잊어버린 채
짓누르고 밟으면 밟을수록 더 강인한 청보리처럼
불한당 총칼 앞에 정의의 태극길 높이 들었습니다

1919년 기미년 3월 초하루 잊을 수 없는 그날
온 겨레가 먹이를 향해 질주하는 포효와도 같이
구국의 깃발 높이 들고 울부짖던 그 만세 소리는
영령들의 진혼곡이 되어 귓전에 쟁쟁히 들립니다

조국 위해 바칠 목숨 하나밖에 없음이 철천지의
한이었노라, 목 놓아 외쳤던 대한의 장한 딸이여
당신의 애국 혼이 피멍 든 창공을 정화할지니
참사랑 불꽃 방방곡곡 요원의 불길로 번졌습니다

붉은 피 낭자해도 당신의 일편단심 우국충정은
날선 비수 앞에 한 치도 물러서지 아니하였으며

서슬이 시퍼런 일제의 법정에서 분연히 일어섰고
콧대 높은 재판관의 흉금을 울려 놓고 말았습니다

역사의 철칙이란 틀림없는 사필귀정인 까닭으로
정의를 때리고 승리한 불의는 존재할 수 없기에
온 천하의 백일하에 드러난 너의 왜곡된 역사가
세계의 울분과 격분을 자아내기에 충분하였노라

열사께서 목메어 외쳐대던 피울음 섞인 절규로
3.1운동 88주년과 1988년 제24회 서울올림픽
2002년 월드컵 4강의 영광과 그 감동의 환희란
선열들의 값진 피의 대가요 천운의 도래 아닌가

프랑스의 잔 다르크보다 영국의 나이팅게일보다
더 당당하고 용감하셨던 님의 정의로운 애국 신념
영생의 부활로 조국의 제단에 몸 바쳐 산화하신
당신의 멸사봉공의 정신을 영원토록 추앙합니다

오! 사랑이여! 생명이여! 7천만 조선 백의 겨레여
우리에겐 목숨 있나니 이 정성 다할 곳 나의 조국
애오라지 자유와 행복과 이상이 넘치는 본향의 땅
청사에 길이 빛날 당신의 투혼을 본받게 하소서!

오! 하늘이여! 영광이여! 천손 민족의 후예들이시여
우리에겐 조국이 있나니 우리 사랑 바칠 곳이란
오로지 삼천리금수강산 한국은 평화의 왕국으로
동방의 등불 세계 만민의 영원한 고향이게 하소서!

2007년 4월 3일

현해탄의 가교架橋 되소서!
― 코데라 나가이키 · 반가연 가정에 부쳐

이 지구성 태어난 억조창생들 중에 부부의 결합은
수십억의 반半을 대신하는 서로에 대한 분신分身
전생前生과 현세現世와 내세來世를 아우르는
하늘의 태양太陽과도 같은 인생의 황금기입니다

세상世上에 태양이라는 에너지원이 없다고 한다면
생명체들 존재의 근거마저 상실하고 마는 까닭으로
남편은 태양, 아내는 달이라고 할 수 있기 때문에
해와 달의 사랑의 순리로 별이라는 자녀 태어납니다

2005년 4억 쌍 6차 축복식에 참여한 그대들 가정은
후천시대, 참부모님의 소망이신 교차 축복의 모델로
아담의 국가인 한국과 해와의 국가인 일본의 축으로
주체와 대상 엇바꾸어서 실현되는 영생永生입니다

코데라 신이치, 준코와의 축복으로 태어나신 신랑과
반재구, 최양숙의 동산에서 꽃으로 피어난 신부
그것은 1800가정과 6000가정의 표본이라고 하리니
코데라 나가이키와 반가연은 현해탄의 가교입니다

1981년 4월 30일에 태어난 부군은 북해도대학 의학부
1984년 11월 14일생인 신부는 선문대학 국제유엔학부

책임감이 강하고 치밀한 성격의 소유자인 신랑께서는
한 송이 순결 꽃인 가연과 축복의 환희를 체감합니다

그대들의 첫사랑과 첫 순결과 첫 순혈 교접으로 인해
일평생 살아갈 때 혹여或如 시련과 역경이 올지라도
항시 상대의 입장에서 역지사지易地思之하는 맘으로
삶의 걸림돌을 디딤돌로 만들어 가시기를 기원합니다

남남으로 만났다가 심정으로 하나의 목적을 중심하고
하늘의 가호하심과 천지인 참부모님, 크신 축복 속에서
피차 사랑으로 하나 되어 존경하고 이해理解하면은
천지의 운세運勢, 충만充滿하게 임재하실 것입니다

그대들 심정에 참사랑의 샘물이 사시사철 흘러 넘쳐서
가시는 곳곳마다 웃음꽃 흐드러지게 만발滿發하리니
일가친척과 주변의 모든 사람들로부터 칭송稱頌받아
연리지連理枝의 순애보를 만들어 가시길 소망합니다

참사랑과 참생명과 참혈통에 연유한 축복의 전통 속에
참주인의 능동적인 삶의 자세와 적극적인 실천의 의지
참부모의 심정으로 종의 몸으로 피와 땀과 눈물 뿌려서
참스승의 표본으로 살아갈 때 평화왕국의 주역 되소서!

후천시대後天時代는 '천주평화천일국태평성대억만세'
황금돼지 해에 전하는 평화平和의 메시지와 더불어서
내외 양면, 입체적으로 웅비하는 참아버님 미수의 후광
그대들 가정의 은총으로 후손만대後孫萬代 빛나소서!

2007년 2월 25일

강남江南 간 제비의 귀향歸鄉
 — 강남교회 헌당에 부치는 글

어릴 적 흥부와 놀부의 아련한 전설 이야기에는
저민 가슴이 설레던 그리움의 꿈 부풀어 있었고
콩쥐와 팥쥐의 아귀다툼은 얽히고설킨 실타래
권선징악勸善懲惡의 예언豫言도 있었습니다

긴 세월 홀로 통곡하셨던 하늘의 서러움도 많아
복귀의 길 굽이굽이마다 옹이 맺힌 회한의 세월
아담 이후 아브라함, 예수, 재림 주님 이르기까지
탕감의 노정, 곡절 많은 파란의 세월이었습니다

오늘은 박씨 물고 돌아온 강남 제비들이 모여 와
통일빌딩의 처마 아래 정갈한 새집 곱게 지어서
강남교회 헌당의 날! 해산解産의 환희歡喜로
하나님과 천지인 참부모님 전에 팡파르 울립니다

참사랑의 축복 씨앗 정성의 거름으로 파종하리니
통일의 무리들이 가는 곳곳마다 풍성한 결실로
하늘에는 영광榮光 넘치고 땅에는 평화 충만해
후천시대의 평화왕국에 가나안을 이룰 것입니다

정조준正照準의 과녁에 초점焦點 맞추련만
허공虛空을 쏘는 화살은 화살이 아닌 까닭에

단지 비상飛翔하는 물체物體의 몸짓일 뿐
활과 시위는 어울림의 조화調和입니다

당신께서 손수 닦아 놓으신 탄탄대로를 향하여
칠사부활의 기적으로 팔 단계 완성의 신념으로
참혈통의 자긍심 지니고 참생명의 탄생을 위해
해산의 고통 극복해 온갖 만난을 승리하렵니다

통일빌딩에서 분단 조국의 장벽도 허물어 버리고
강남의 지성소에서 타락의 불륜도 불태워 버리고
참부모, 참주인, 참스승 굳건한 반석을 갈고 닦아
공생, 공영, 공의의 유토피아 건설에 앞장서렵니다

화려한 꽃술이 되기보다 은은한 화향花香 되고
벌 나비 모여 오는 밀봉蜜蜂의 근원根源으로
자유自由의 깃발 휘날리며 평화의 나팔수 되어
당신의 염원念願하시는 평화왕국 이루겠습니다.

2009년 12월 5일

사랑의 실개천, 대해에 이르시라!
— 훈일 · 신희의 축복 성혼을 축하하며

행복의 파랑새를 찾아 스스로를 연단하여 오셨으니
불사조의 믿음으로 자라 청청한 생명나무인 그대들
훈일 군의 야무진 입술, 총명한 눈망울로 바라보면
선과善果로 결실하는 신희 양 눈빛은 예술입니다

이 세상 그 무엇으로도 형언할 수 없는 사랑 이야긴
배우자配偶者의 가슴에 감응感應하는 무릉도원!
당신의 심장과 내 혈관에 감로수甘露水로 넘쳐서
축복의 실개천이 냇물로 강물로 바다로 행진합니다

최기태 아버지와 추영순 어머니 사랑의 씨앗과
염길환 태양과 이경희 월광 랑데부로 하나 되어
사위와 며느리가 아닌 아들 딸의 심정으로 아우르면
갈등의 칡넝쿨 조화의 포도송이로 풍성할 것입니다

야곱의 노정 그대로 쏙 빼어 닮은 양가兩家의 얼
1970년 시월 스무하룻날 장충단공원의 축복祝福!
찬란한 영광의 칠색 무지갯빛 평화왕국의 태양으로
참사랑, 참생명, 참혈통의 대들보로 살아가소서!

하나님의 실체 분신이신 문선명 선생의 축복으로
천일국天一國 백성 되셨으매 연리지連理枝 연분!

비익조比翼鳥 날갯짓으로 높푸른 창공 웅비하며
참부모, 참스승, 참주인의 열정熱情을 간직하소서!

2009년 7월 18일

태화강의 비밀
― 김관혜 박사님《조약돌의 노래》출판기념회에서

오뉴월 날씨는 한 치 앞을 예측豫測 불허不許한데
불연속선不連續線에서 펼쳐지는 불투명한 미래란
조물주造物主만이 아시는 신비의 베일입니다

사람이 그리워 그리도 그리워 미쳐 날뛰시던
당신의 생애 노정은 불꽃의 전선戰線이온데
오라는 이 아무도 없었지만 갈 곳 한량없고
수도 없이 멀고 먼 천로역정이었습니다

조국의 운명 호흡하신 대하大河 김관혜 박사님
임은 산고 수려한 강원도 영월寧越과 원주에서
산고産苦의 통증으로 부활復活의 길을 여시고
하늘나라 신선으로 유감없이 등록登錄하셨습니다

산양과 면양을 가르시던 분단分斷의 탯줄 아래
엄동설한嚴冬雪寒 1.4후퇴의 외길목인
단양丹陽에서의 그 회한의 밤을 잊을 수 없는데
아, 아, 선지피 낭자한 살벌殺伐한 눈밭에는
젖무덤 찾는 피붙이의 절규絶叫도 있었습니다

어찌 그리도 하늘이 원망怨望스럽지 않을 것이며
인간人間으로 태어난 것이 너무나도 부끄러워

속울음 토吐하시던 임의 피 끓는 가슴속에는
겨레의 심장에 치솟는 애국애족의 투혼鬪魂이
한기 서린 칠흑漆黑 야밤을 밝히고 있었습니다

공비共匪로 오인誤認되어 하마터면 일순간에
생사의 기로에서 방황하시던 그 찰나刹那에는
절벽絶壁같이 캄캄하여 비가 오듯 식은땀 오싹
등골鐙骨을 흘러내리던 그 공포의 밤이었습니다

역류逆流하는 세월을 타고 거슬러 오르고 올라
복귀 역사의 구비마다 절개節槪로 매듭지으시며
만고풍상 오로지 인내忍耐와 정직으로 일관하신
임의 외길엔 옹달샘이 사시사철 샘솟습니다

고운 임 당신이 걸어오신 그 길 본받아 가시려
산산 골골마다 사랑의 씨 파종하러 가는 길
울산에서 언양으로 향하시던 험준한 산모퉁이
높고도 좁은 태화강 천 길 벼랑 끝이었습니다

구국救國의 깃발 펄럭이시며 참사랑의 가슴 열어
중남미를 종횡무진縱橫無盡으로 질주하시었고
기내機內에서 사막에서 살아 계신 임을 만나

피눈물 흘리시던 당신의 자비를 우러릅니다

애천, 애인, 애국의 산증인으로 선문의 전당에서
여생을 애오라지 후학後學들의 학문을 결실하시려
하늘엔 해와 달과 별들이 영광과 은총의 수놓고
땅에는 사람과 사람이 서로 화목으로 화평케 하소서!

뜻하신 바의 열매가 차곡차곡 풍성하게 영글어서
베푸심의 삶이 몸에 배인 대하의 아량雅量 그대로
도도한 역사의 물줄기를 대해大海로 흐르게 하시어
21세기 출중한 선지자로 선구자로 자리매김하소서!

2003년 11월 28일

선문호의 출항
— 선문대학교 총장 이취임에 부쳐

선문호의 첫 번째 선장! 윤세원 박사님의 혼과 불
일월호의 두 번째 애장! 이경준 총장님의 열과 성
두 분의 극진한 정성과 열성의 반석에 곱게 새기어진
선문대학의 백년대계 그 푸른 종합 청사진을 이루려
향기로운 심포니 오케스트라의 지휘봉이 오릅니다

광명호의 세 번째 용장 김봉태 총장님의 힘찬 출항
천일국 6년 2월 21일의 정오 정착의 직단거리에 서서
갈등과 반목이란 불의의 흑암 권세를 말끔히 소제해
자유와 평화의 깃발 휘날리는 선문 캠퍼스 메인 빌딩
찬란한 태양의 화신체로 승하여 영원 불이 붙습니다

21세기의 파란만장한 격랑 파도가 휘몰아쳐 올지라도
심해의 바다, 그 속성은 아우르는 포용력과 친화력에
우리들의 갈급한 가슴 가슴에 촉촉이 적셔 주는 단비
당신의 심장에 이글거리는 참사랑의 용광로가 있어
애천, 애인, 애국이란 영광의 고속도로를 놓습니다

만유의 원천자이시며 우주의 근본이신 하나님의 뜻
하늘만이 아는 사연 홀로 걸어 나오신 송죽의 절개
강산이 수십 번이나 변하여도 시종여일하였기에
복귀섭리의 한가운데 정정당당하게 우뚝 서시어서

초지일관된 불변의 심정으로 오늘에 이르렀습니다

당신의 심중에 지닌 멸사봉공의 삶, 이정표 따라서
천일국 2세 섭리 시대의 선두 주자로 올인한 까닭에
순결과 순애와 순혈이란 명약의 이름으로 연유하여
천륜과 인륜의 조화론 박자에 사랑의 초점을 맞추어
처처마다 넘치는 흙탕물 여과해 청량제를 만듭니다

죽피로 다스릴 약탕기의 보약재가 팔팔 끓어오르듯
당신 가슴에 용솟음치는 남북통일과 세계 평화의 넋
참부모, 참스승, 참주인 절절거리는 가슴앓이 눈물
불신과 불평, 불협화음 활활 불태우시는 태양빛으로
무지와 무관심과 무책임을 말끔히 도말하려 합니다

만 인류의 참부모님이시요, 메시아시며 구세주이신
참사랑의 선주 되시는 문선명 선생님의 언명을 따라
'천지개벽, 선문학당' 이라는 참부모님 주신 휘호처럼
세상의 대학을 새롭게 빚어 만드시는 창조자 되시어
받들 봉奉, 클 태泰 이름의 뜻대로 크게 천의봉종하소서!

현존한 숱한 대학의 선도자로 상아탑의 주역 되시고
통일 사상의 평화 실현에 일로매진하시는 가운데서

하늘이 소망하시는 참사랑, 참생명, 참혈통의 근간을
천지인의 합덕인 인화와 가화와 총화를 이루시면서
인류 평화에 기여하는 거목들 걸출하게 배출하소서!

2006년 2월 21일

애국愛國의 눈동자가 되소서!
― 강문봉 장군의 영전에

처녀림 수풀 속 헤치고 나오신 탐험 길에
만신창滿身瘡으로 지친 몸 안식할 곳은
험준한 산맥과 황량한 광야의 무덤가에서
칼바람 소리 귓전을 몰아치고 있었습니다

포연砲煙이 뿜어낸 퀴퀴한 화약 냄새와
선지피 흘리며 사라져 가는 전우의 시체가
여기저기서 신음하는 통증의 아우성으로
분단의 설움 토吐해 내기도 하였습니다

생존의 본능만이 전율戰慄하는 전쟁터인
황무지의 빈 들에도 새봄은 서서히 다가와
동족상잔의 혈전으로 총부리 겨누는데
죽음의 사신만이 준동蠢動을 하였습니다

생사生死의 소용돌이 그 틈바구니에서도
강문봉 장군님께서 창군의 개선장군으로
황무지에서 옥토를 일구어 내신 개척자로
풍전등화風前燈火의 위길 넘기셨습니다

27세의 약관弱冠의 때에 첫 별을 따시고
혁혁한 전공戰功으로 30세에 별 셋을 따

그 성과로 태극무궁훈장 두 번이나 받아서
문무를 겸비한 귀재라 일컬음 받았습니다

중장으로 예편 후 국회위원과 대사관으로
스웨덴, 스위스, 그리고 바티칸시국까지 가
국위 선양 앞장선 지용智勇 겸비한 분이라
후세의 사가史家들이 증언할 것입니다

필설로도 형언키 난해한 파란의 생애 중
당신이 남긴 애국의 파편 정갈하게 모아
조국 통일의 제단에 혈루血淚로 바치오니
임이시여! 못다 한 애국의 눈동자 되소서!

국군은 죽어서 말한다던 어느 시인의 고백
눈물 어린 그 죽음에 대한 청춘의 예찬이
임의 속가슴으로부터 사지백체로 맥동 쳐서
평화의 강물로 도도하게 흘러넘쳐 나소서!

백척간두百尺竿頭에 서 있는 작금의 조국
온통 천안함의 참변에 통곡의 바다 이루는
암담한 때 이국땅에서 귀향하신 임이시여!
파란만장의 세월, 피 망울로 삭여 주소서!

전쟁의 잿더미에서 다시 태어난 조국에서
오늘의 시국 한 치 앞을 볼 수가 없는데
일촉즉발一觸卽發의 긴장하는 분단국에
임이시여! 평화 통일의 수호신이 되소서!

2010년 4월 30일

푸른 솔!
― 심철心哲 유광열 회장님을 추모하며

취옹醉翁 유광열 선생님!
하나님 왕권 즉위식 이후 펼쳐지는 섭리역사
청명, 곡우 막 지나 입하를 목전에 두고
하늘의 명命 따라 남미 브라질에서
2차에 걸친 40일 특별수련을 마치신 후
그 여독이 채 가시기도 전에

늘 그러하시듯 일상의 삶으로 돌아오시어
천안과 서울 매일같이 오가시면서
당신이 가실 길 예견이라도 하신 듯
그리도 급히 새벽같이 서두르시더니
모든 만물 춘기 머금고 연둣빛으로 소생하는 계절

아직도 못다 한 마지막 3차 수련과
국가메시아 사명을 눈앞에 남겨 놓은 채
지금도 루마니아에서 애타게 당신을 기다리는 식구들과
당신의 축복을 받아야 할 남겨진 두 아들은 어떡하라고
당신 홀로 홀연히 떠나가시는 것입니까?

황망히 떠난 이 자리엔 그리움의 얼굴들이
아쉬움의 물결 속에 가슴 아파 애통해하며
우린 지순至純하신 당신을 보내고 싶지 않은데

진정 당신은 영면永眠의 길로 가시는 것입니까?

우리들이 이 땅에 태어남도 님의 뜻이요
유명을 달리함도 님의 부르심이기에
오늘 여기 우리 모두의 석별의 정을 담아
가시는 장도壯途를 복 빌고자 달려왔습니다

당신은 섭리의 조국 강원도 춘천에서
애당초 시인의 이름으로 하늘의 이름으로
암울했던 민족의 기구한 운명과 더불어
겨레의 애환을 노래 부르며 살아오셨습니다
천지부모님 뜻을 받들어 생사고락을 같이 하시고
일흔네 해를 축복 해로하시다 이승을 떠나시는 길
당신이 가시는 까닭을 우리들은 모르지만
님께서 부르시면 아니 갈 자 그 누구이겠습니까?

당신은 복귀섭리역사의 산증인
총알이 빗발치는 6.25 동란 중 1952년 봄
서울대학교 사범대학 국문과에 입학하시고
1954년 12월 19일 협회 창립과 더불어
천로역정의 길을 한결같이 걸어오셨습니다

조군자 님의 선 나무와 사랑의 접목으로
재숙, 재순, 유은, 준칠, 준선의 크신 선물
탐스러운 열매 주렁주렁 수확하신 당신은
참으로 가슴 뿌듯한 삶을 살아오셨습니다

님께서 남기신 발자취는 구원 섭리의 사표요
하늘 역사의 요람인 청파동 시절의 산 주역
47년의 역사를 구슬같이 엮어 오신 당신
당신은 말씀보다 글 씀에 더 능하셨습니다

님께서 살아오신 해맑은 삶의 마디마디엔
그리움과 사모의 정이 흘러 넘쳐흐르고
언어를 뿌려 사랑을 꽃피우는 뜨락에
비단결처럼 고운 시화詩畵가 만발하였습니다

님의 그림자였던 강원일보 기자며 진중신문 펍집장
성화출판사 사장이며 한국현대시인협회 회장
한국자유시인협회 회장이며 금천구연합회장
성약 시대를 엮어 오신 역사편찬위원장이었습니다

시어詩語를 걸러 내어 삶을 세탁한 문학의 열매들
《생화生花》 외 《이야로離夜路》와 《조국祖國》 그리고

《평시인評詩人》과 《서울의 노래》와 《사미인도思美人圖》
님의 시단詩壇에 핀 아름다운 시집들입니다
고난과 역경 속에서 생명을 잉태하신 님이시여!
영원한 그리움의 본향엔 흑암도 사망도 없나니
당신은 심산계곡을 흐르는 생명수와도 같이
청솔 향기 그윽한 영산靈山의 수호신이 되소서!

순종과 미덕으로 올곧게 살아오신 님이시여!
하늘 향한 당신은 언제나 늘 푸른 조선의 솔
사시사철 님과 같이 항시 싱그러운 당신은
조국의 금수강산을 지키는 겨레의 파수꾼이 되소서!

참부모님 명하신 루마니아 국가메시아시여!
이제 하늘나라 열두 진주문 통과할 때마다
여기 모인 산증인들 심철心哲의 이름으로 증거하오니
천성 길 본향 땅 밝은 웃음꽃으로 화답하소서!

통일 영계권 총사령관 흥진님 곁으로 가시는 님이시여!
영원한 하늘나라에서 참사랑으로 호흡하시고
진리의 빛으로 눈부신 그곳 하나님 품 안에서
이 땅 걱정 다 접으시고 본연의 에덴동산 훨훨 나소서!

2001년 4월 21일

작품 해설

서사문학敍事文學의 초월적 성취成就

서사문학敍事文學의 초월적 성취成就

서사문학敍事文學의 초월적 성취成就
— 윤덕명 교수의 시 세계

한국여류시인협회 회장 박정희

신학적 우주관

윤덕명 교수는 이 땅의 순수 서정시인抒情詩人이며, 독실한 신앙인으로 종교시를 쓰는 학자이기도 합니다. 평소의 일상이 기도祈禱에서 시작하여 명상冥想으로 끝을 맺는 그런 분으로 알려져 있습니다. 신념의 밀도가 투명하고 견고하여 그 내면에 흐르는 언어는 항시 일정한 질서를 지니고 나타나는 것을 보게 됩니다. 그것이 곧 언어의 아름다운 유희遊戲가 되고 리듬이 되어 수많은 시가 탄생하는 것을 볼 수 있습니다.

인류 역사에 가장 오래된 고전이며 가장 많이 읽히고 구원과 위안을 남긴 성서聖書와 함께 시인은 삶의 대부분을 보냈습니다. 그 불후不朽의 명작 서사시에는 방대한 이야기 구조와 서사시적 운율이 녹아 있어, 시인은 저절로 내재하고 있던 체질적 감수성을 발굴하게 됩니다. 그와 함께 새로운 구성과 형식의 종교시 창작創作을 위한 신학적 우주관을 확립했다고 볼 수 있습니다. 주위를 둘러싸고 있는 초월적 은혜와 화평의 풍토에서 윤 시인은 젊음과 사랑을 누구보다 겸허謙虛하게 가꾸어 온 시인입니다.

현대시는 진리를 발견하고 인식하는 방법으로 논리적 차원을 벗어난 모순 어법으로 이질적 경이감驚異感을 유도하고 있지만, 윤 시인이 추구追求하는 신서정적 긍정론에 의하면 희망의 빛줄기를 지향한 화해적和解的 에너지의 곧고 바른 정직성正直性이 이를 극복하고도 남음이 있습니다. 단 한 편의 시를 위해 시인은 늘 생애 최초의 언어와 최후의 언어를 구상하는 데 심혈을 기울인 흔적이 역력합니다. 쉽사리 붙잡히지 않는 창작의 목표물을 향해 부단히 실험하고 도전挑戰하는 열정熱情은 윤 시인만의 개성적 성실성誠實性에 그 기본을 두고 있습니다.

그러기에 이 시를 읽는 많은 독자의 마음 또한 든든하게 합니다. 시적 언어의 꼼꼼한 작업을 이토록 큰 기획과 형태의 결실로 이루어 낸 것은 이후 어떤 성스러운 변화變化까지 기대하게 만듭니다. 이 시대 우리 신념의 풍향계風向計를 바로잡는 아름다운 언어의 율동이 활발하게 전개되는 듯합니다.

복음 정신과 언어

윤덕명 시인의 4행시 연작連作은 그 형태의 구성부터 고전적 한시漢詩의 깊이를 연상하고 해명하는 데 도움이 큽니다. 선인들의 전통적 자각의 방식과 자성의 선비 의식에서 출발하고 있다 하겠습니다. 시행詩行의 서두와 말미는 빈틈없는 대구對句를 이루고 있으며 그 속에서 다양한 시대적 삶의 현상을 구석구석 비춰줍니다.

성서의 복음 정신으로 일관한 정서적 문장과 언어의 재현은 새로운 생명력生命力의 확장을 불러오고 있음을 확인하게 됩니다. 바르고 정결한 인식의 토양이 세계를 비옥하게 성숙시키는 시간은 오래 걸리지 않습니다. 순식간에 감성感性의 동질감으로 태산의 고뇌苦惱를 퇴치하기에 이른다고 시는 말하고 있습니다.

하나님께서 그 지으신 모든 것! 보시니 보시기에 심甚히 좋았더라
빛과 어둠으로부터 창조해 마지막 인간에 이르기까지 바라신 소망은
인간은 당신의 자녀子女이며, 당신은 인간의 부모父母시기 때문에
우주의 법칙 중 법칙은 당신을 닮은 부자父子의 인연因緣입니다

좋다는 말 기쁨을 전제로 한 것이며 그것은 주체主體가 자길 닮은
대상對象을 통해 상대적으로 느끼는 타각他覺의 감성感性인 것
부전자전父傳子傳은 인륜人倫과 천륜天倫 아우르는 징검다리로
이승과 저승, 하늘과 땅, 순간과 영원! 매개媒介하는 연결 고립니다

때로는 야누스의 인간으로부터 속셀俗世 등지고 싶기도 하련만은
당신께서 흑석동 성지서 눈물이 실개천 이룬 통곡의 시절 회상하면
고통苦痛 속에 자리한 기쁨으로 극極과 극은 한 지점서 만나는 것
힘들수록 하나님께 기도할 수 없으신 당신 효심孝心에 감격합니다

〈기쁨의 신앙信仰〉 7~9연

　　하나님 보시기에 심甚히 좋은, 진정眞正 기쁨의 본질本質을 풀어
내어 수정 같은 투시력으로 눈부신 정상頂上에 올려놓았습니다.
수없이 되뇌어 본 성경 속 낙원의 완성을 위하여 시인은 자연 만
물의 사랑으로 승화昇華해 가는 자신의 자화상自畵像을 그리고 있
습니다.

서사시敍事詩와 서사 구조

시詩의 내용적 분류에서 보면 서사시는 초창기 일명 영웅시로 불리었습니다. 장중한 문체와 거창한 주제를 다루는 영웅英雄의 자료가 구전문학口傳文學의 형식으로 발전되어 온 것을 재구성再構成한 것을 말합니다. 근대 이후 수많은 실험을 거쳐 서사시의 성공과 실패를 거듭해 왔습니다. 지난 시대의 문학 형식으로 그 생명력生命力의 한계를 우려하기도 했습니다. 그러나 새로운 시대는 그 시대의 형식도 끊임없이 계승, 부흥시키며 그 시대의 포부를 구상하기도 합니다.

그런 의미에서 이 시대가 요구하는 시 형식을 윤덕명 시인은 서사 구조의 성시聖詩 창작에서 구해 냈습니다. 일반 서정시敍情詩의 제한적 호흡에서 해방하여 풍요로운 언어의 수맥水脈을 줄기차게 이어가는 데 서사 구조의 형식적 선택이 요구되었습니다. 그 선택의 결과는 장대하며 그 여운 또한 오래 향기香氣로울 것입니다.

미래시선 152

해와 달의 숨바꼭질

· 지은이 | 윤덕명
· 펴낸이 | 임종대
· 펴낸곳 | 미래문화사

· 찍은 날 | 2011년 1월 25일
· 펴낸 날 | 2011년 1월 27일

· 등록 번호 | 제3-44호
· 등록 일자 | 1976년 10월 19일
· 주소 | 서울시 용산구 효창동 5-421
· 전화 | 715-4507 / 713-6647
· 팩스 | 713-4805
· E-mail | mirae715@hanmail.net
· 홈페이지 | www.miraepub.co.kr
ⓒ 2011, 미래문화사
· ISBN | 978-89-7299-390-2 03810

* 잘못 만들어진 책은 본사나 서점에서 바꾸어 드립니다.
* 저자와의 협의하에 인지는 생략합니다.